ZUI

Zestful Unique Ideal

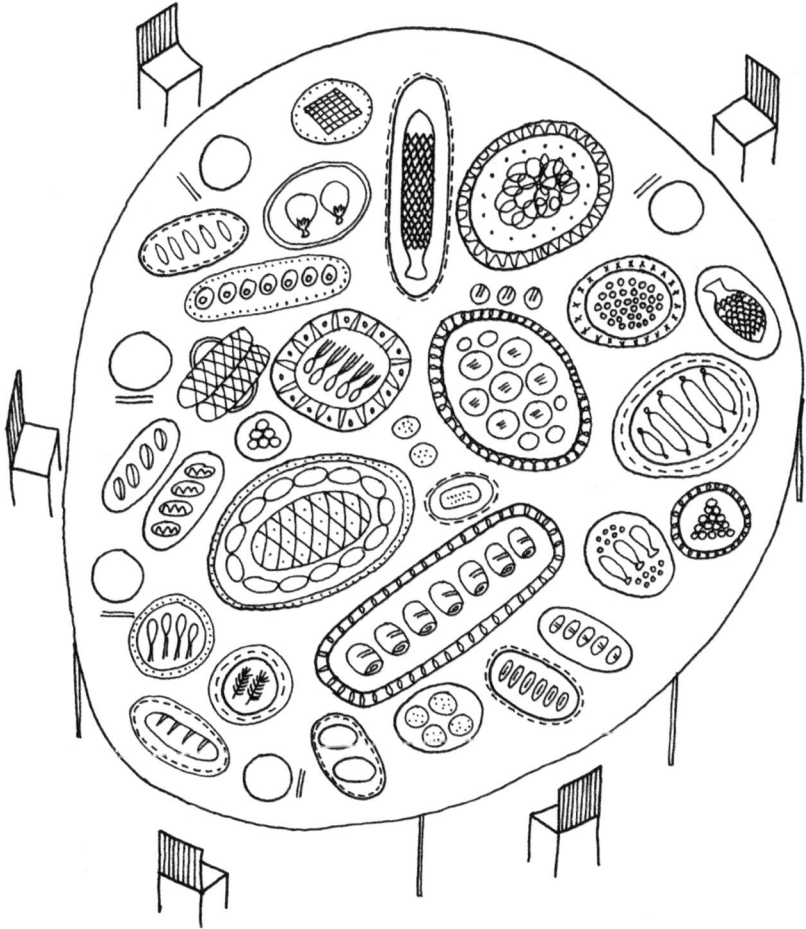

最世文化

Shanghai ZUI co.,Ltd

湖南文艺出版社 HUNAN LITERATURE AND ART PUBLISHING HOUSE

博集天卷 CS-BOOKY

方 长

FOOD FROM FRIENDS,
WITH FRIENDS

安东尼　著
ANTHONY

西 —→ 海鲜和肉
Seafood & Meat

西 —→ 甜的
Desserts

东 —→ 主食
Main Food

东 —→ 小菜
Small Dish

东 —→ 大菜
Big Dish

这本书 送给小茫 我估计你是不会照着它做饭了
但它承载了很多我们一起吃饭的回忆
我想 你一定是喜欢的

出国之前是没有做过饭的　我还记得临出国的时候　我妈给我准备了电饭煲　用毛巾包住中国菜刀　在我们家狭小的阳台　教我做葱油饼的样子

后来出了国　对做饭这件事　实在是无从下手　那时候那鬼做饭会带上我的份　我们一起带盒饭

真正开始接触厨房　应该算是从厨师学校和工作的饭店开始的

后来有了自己的公寓　和 Jess Harry 组建了团队　我们想做一个项目　就是每周五都请一个人来吃饭　聊天　这个项目的名字叫 quarter

来吃饭的人有害羞的日本理发师　以色列算塔罗牌的阿姨　殡仪馆的经理和很多好朋友　应该是从那时候起　养成了请朋友来吃饭的习惯

书名叫作《方长》

一方面 不论从最早有和大家一起吃饭印象的农村家里 放到炕上用的小桌 还是现在经常在墨尔本或者上海家里招待朋友的大桌 都是方方长长的样子

另一方面 这一本书里做过的菜 去过的厨房 吃过这些菜的朋友 也都来自天南地北 并不是能经常见到的 能在一起吃一顿饭 其实是很难得的缘分 这个名字 是安慰自己 这些曾经的旅行 举杯共饮的朋友 都可以来日方长 而不是 一期一会

做饭 请朋友来吃 不是一件容易的事 有句话说 "若要一天不得安，请客；若要一年不得安，盖房；若要一辈子不得安，娶姨太太" 是有道理的 每一次朋友来吃完饭 离开之后 面对这些盘子 碗 杯子 锅 我都会想 下次出去吃吧
但第二天一早 就又开始问朋友 要不要来我家吃饭啊

整理完食谱 把它们打印出来 和照片一起 做第二次更改 看着这一沓厚厚的稿子 一张张翻过去 脑子里出现的不是一道道菜 而是一个个熟悉的面孔和生动鲜活的情景 我想这就是我喜欢做饭和朋友分享最主要的原因吧

这么一想 墨尔本因为疫情 进入四级 lockdown（封锁） 我觉得最难以忍受的不是不能出门 而是不能见到朋友 不能一起吃饭了

这本书 说它是一本食谱我是有点心虚的 我上学时候用的教材食谱 是非常精确的 什么时候大火 食材多少个 多少克 都是非常精确和反复测验过的 这里面的大部分菜 尽管我都反复做过 但因为性格的原因 写出来的时候可能还是不够细致 经常出现一把 若干的字样 想必如果你是认真而又谨慎的人 看这个食谱估计会非常困扰

不过我也想通过这样的写作方式 帮你放松下来 在我看来享受做饭的过程 比做出来一道完美的菜要重要

如果你看了这本食谱 对吃这件事更有兴趣了一些 而又能掌握几道拿手的菜和朋友们分享 那我就再开心不过了

成功了的话 请一定告诉我

安东尼 于 上海

2020 年 9 月

食好，再会

　　安东尼在回国的前一天发消息说："我包了三鲜馄饨，给你们送过去一些。"我们拿到的时候一共有三袋，一袋馄饨，一袋用老干妈调好的酱和一包海苔。我心里一笑，大概只有安东尼会在给人送馄饨的时候把他觉得好吃的配料一起送上，这样才是完整的安东尼的三鲜馄饨，这也是他对吃这件事的态度。

　　现在回想起来，觉得是安东尼让我对进厨房做饭这件事有了很大的改观。在我的印象中在厨房做饭就是油烟很大，很麻烦的一件事情，小时候我都不愿意进厨房。但是和安东尼一起工作，做室友的时候，他经常做饭，也常常会叫几个好朋友来吃饭。自然而然地，他做饭我就会帮他打下手，Harry 会在旁边拍照记录，在厨房做饭这件事，慢慢地变得有趣起来，也很惬意。安东尼也会边做边和我们讲一些做饭的点，比如说：西餐里，洋葱、芹菜和胡萝卜在橄榄油里炒，就好比中餐里我们会先用葱、姜、蒜在锅里炒出香味再放别的菜进去一样。渐渐我发现，厨房就是他运筹帷幄的"战场"，在这里他胸有成竹。不管是做两个人的饭还是十个人的饭，他都特别游刃有余，别看他做饭的过程好像很轻松散漫，但我觉得他脑子里特别有谱，有多少人来，要做什么样的菜，朋友有没有忌口，时令食材是什么，做饭的过程中怎么安排任务，怎样掌握时间……这些在他脑海里都特别清楚。安东尼就像一个指挥家，厨房是他的舞台，他不慌不乱，有条不紊，在客人陆陆续续到来的时候，他指尖一动，就给大家呈现一场交响乐的表演。

　　后来安东尼回上海工作定居了，Harry 也搬回了上海，一下子少了很多这样一起做饭，请朋友来家里吃饭的机会。但是喜欢上做饭和喜欢给朋友做饭吃这件事，就像是安东尼给我留下的一些东西，一些我从他身上学到，想要延续下去的生活态度。后来我也尝试做各种各样的菜，邀请朋友来家里做饭给他们吃，看到朋友吃得开心的样子，就真的很满足。每年圣诞节，我们公司都会给员工送一个火腿庆祝节日。安东尼刚回去的那年圣诞，我发信息给他："以前圣诞火腿这样的硬菜都是交给你来做，今年只能我来接手了。"后来我做完给他发了照片，他说："Jess I am so proud of you（我多么为你感到自豪）。"我暖心一笑，也许他不知道，这些对生活的热爱和向往都是他留给我的。

　　哪一天，你可以翻开这本食谱，找点灵感，做一顿饭，和心爱的人、家人、朋友共度一点时光。也许吃过什么菜会不记得了，但在记忆的隧道里，你会记得那一天的颜色，那人脸上的笑容，那些人的故事……

　　来日方长，连接过去与未来的就是此刻。

　　此刻你心里想到了谁？给他做顿饭吃吧。

Jess 于 墨尔本

2020 年 9 月 18 日

食谱与味觉边界

　　我的工作和摄影相关。拍照的时候，主要用眼睛，我自觉视力良好，对颜色敏感。在五感"形、声、闻、味、触"中，我觉得，某一种强，就会有一种弱，我常常自觉我的味觉比较不那么灵敏。表现为，对菜马马虎虎，这家店不错，那家店也还行。有些变化，你以为会发生在瞬间，但其实很慢。有些改变，理应经年累月，但又以肉眼可见的速度发生着，让你察觉得到。我对食物与味道的感受，在认识安东尼之后开始变化。

　　在墨尔本的时候，我们每周请一个朋友来吃饭。我们的工作室在我学摄影的学校对面，三层楼，距帕拉罕市场只有一个街口，离 Woolworths 和 Coles 两大超市步行也只要 5 分钟。每到周五晚上，都会有一个朋友来做客，有爱喝啤酒的健身教练，有来自日本的女发型师，有在墨尔本大学读博士的建筑师，有来自北京获奖无数的摄影师。安东尼每次准备的不同菜式，灵感可能来源于当天下午的天气，或者来做客的那个人的英文名字，或者是他在市场看到什么新鲜可口就买了什么，有点像出门旅行，但不提前做计划。有旅行经验的人，可以在很短的时间里找到对的景色和对的餐馆。

　　我相信，会旅行，又会做菜的人，一定有秘密，这个秘密是他判断与选择的标准。他甚至可以跟你叙述这些秘密，你也可以进行推断，来猜其内容，但秘密之所以是那个人的秘密，就是因为你既无法窥探到，也无法学习到。你只能期待一个顿悟，或者直接到安东尼家去品尝"秘密"的结果。

安东尼在上海的家里有一张巨大的深黑色餐桌。当餐桌上摆好了食物和
餐具，还有花的时候，很像孙温的工笔画，细致而浓丽，开吃之前，眼睛先
被满足。安东尼在准备这本食谱的过程中，每次做好了几道菜，总会邀请朋
友来一起吃饭。朋友在一起，说话的声音，食物的香气，中午的阳光，中和
出一种在其他地方没有感受过的氛围。

我是第二个吃完这本食谱里所有菜的人。在品尝和记录这些菜的同时，
我开始觉得，颜色与味道，可以同时被清晰地感受到。味道有生命，注入热
力后，在热的驱动下，时快时慢地散开，在汤里融化再生成，形成自己的图
案和轨迹。一种味道跟另外一种味道的相遇和变化，很像两种颜料在天意的
安排下打交道，无来由地会形成新的味道。只是混合的新颜色，往往也是我
们眼睛熟悉的，而新的味道则一定会有打开了一个不知道谁给的未知主题盲
盒一样的心情，有时惊喜连连，有时一言难尽。把特别简单的食物放在一起
就能领略这个过程，比如煮白米饭的时候加一点香油、醋和盐，比如韩国泡
菜加糖，比如蒸肉饼加腌酸黄瓜。

想象一下，有个巨大的圆圈，是你对食物和味道感受与认知的综合，这
本食谱，会稍稍改变这个圆圈的形状，让你的味觉边界有一点点拓展。

Harry

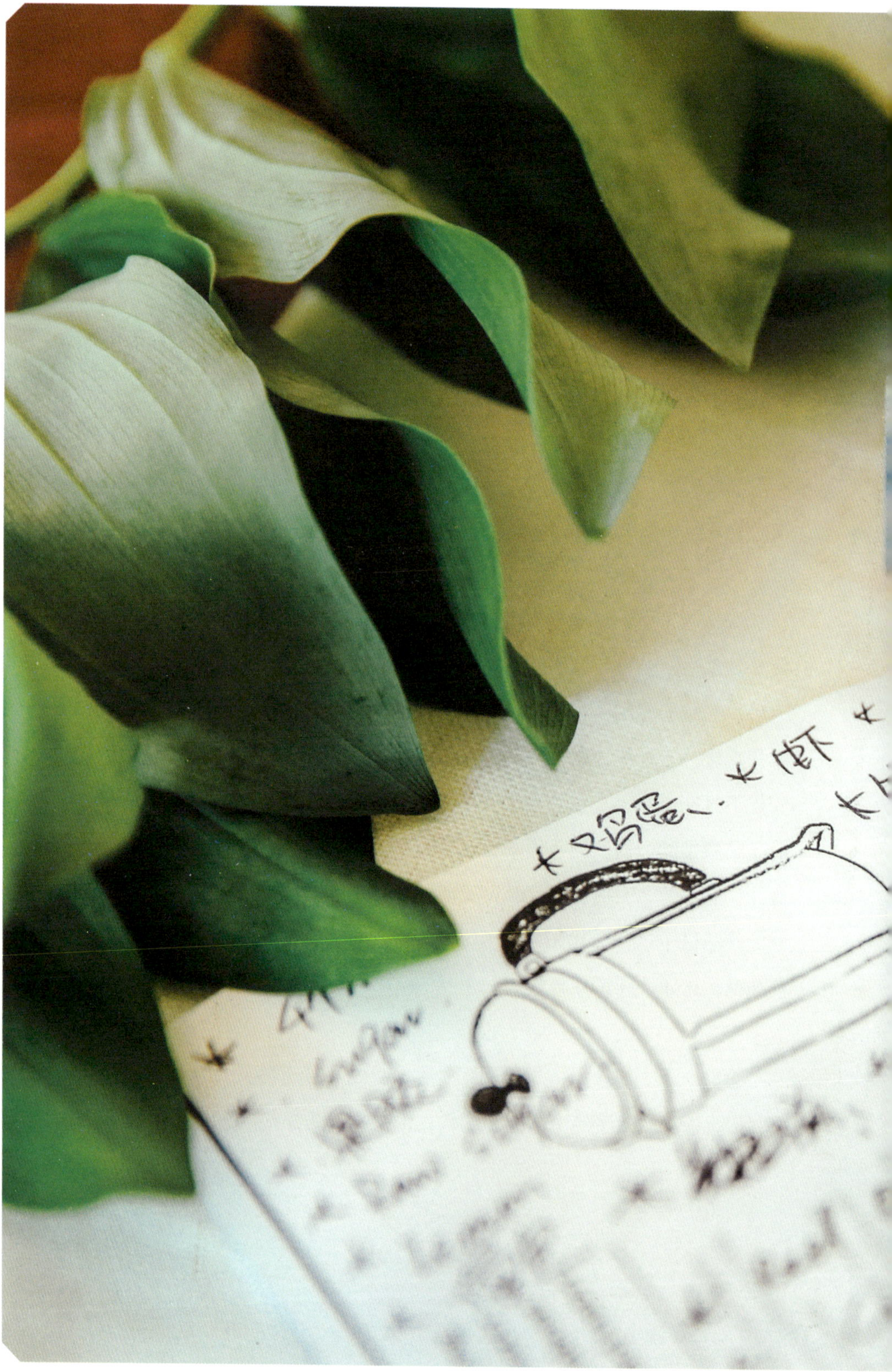

西

前菜
Appetizer

汤
Soup

米和面
Rice & Noodle

海鲜和肉
Seafood & Meat

甜的
Dessert

牛油果土豆沙拉

我自己是觉得 牛油果这种东西 完全没有什么味道的 每当我提出这一论断的时候 我那些很喜欢牛油果的朋友 就会用一种不能接受的眼神看着我说 天哪 牛油果那么可口 你竟然不喜欢

尽管对牛油果没有什么执念 但是做西餐的时候 还是会经常用到 我发现上海的牛油果卖得特别贵 上海的西餐原料卖得都很贵 我和阮抱怨说 在上海自己做西餐的话 还不如出去吃便宜 阮笑说 有个牛油果阿姨 她那里什么进口食材都有 价格又不贵 而且你可以根据自己需要的量来买 不需要一下买一包

后来我们去朋友家做晚饭的那个晚上 他就带我去乌鲁木齐路 牛油果阿姨的店买材料 那个店不是很起眼也没有什么特别的装潢 不过东西果然很全买了澳洲的小羊腿 各种香草 蓝纹奶酪 西餐作料 价格也真的不贵 阿姨也不是很洋气的样子 看起来就像一般菜农一样 但是我用英文说我需要的东西后 她都会用中国口音的英文再重复一下 然后就如数家珍地 从某个口袋里找出我要的东西 而且她也很豪爽 付款以后我忽然想起来还需要一些薄荷 于是拿了一棵要去算账 她直接帮我放进口袋里说 就这么点 送你好了

后来 我问阮 为什么叫她牛油果阿姨 阮说 因为全上海就她家牛油果最便宜

牛油果的营养价值非常高 有人说它是森林里的黄油 它可以直接吃 可以榨油 可以做化妆品 切牛油果的方法很简单 用刀把较尖的那一头切掉硬币大小 然后用刀垂直于切面绕着果核转一圈 一扭就分开了 然后可以用大一点的勺子 顺着果皮把肉挖出来

用料　　　　　　　　　　　　　　　　　　　　　3 ～ 4 人份

2 个 土豆　　　　　　　少许 盐　　　　　　　　2 个 牛油果 去核切块

3 ～ 4 个 地瓜（红薯）　少许 黑胡椒粉　　　　　200 克 纯酸奶

少许 橄榄油　　　　　　意大利腌肉　　　　　　少许 莳萝叶或罗勒叶

1 个 大蒜

做法

1. 土豆和地瓜洗干净 不用去皮 切大块或长条 可以对切 再对切

2. 煮锅加水加盐 放入切好的土豆和地瓜 大火煮沸 小火煮 20 分钟左右 用叉子可以轻松插进去 就是熟了 关火倒出热水 让土豆和地瓜 自然冷却

3. 把土豆和地瓜均匀铺在烤盘里 淋一些橄榄油 撒一些盐和黑胡椒粉 200 ℃烤 15 分钟左右

4. 把土豆和地瓜翻个面 将腌肉切成小块 放在表面 再烤 3 ～ 5 分钟 时刻观察 不要将腌肉烤焦

5. 大蒜捣成蒜泥 加入纯酸奶 牛油果切均等形状

6. 在面板上铺好 土豆 地瓜 牛油果 淋上酸奶 撒烤好的腌肉碎 莳萝叶 撒盐加黑胡椒粉

经典的鸡蛋芦笋

这道菜很奇怪 鸡蛋和芦笋都是简简单单的东西 但只要食材新鲜 放到一起 就有一种特别高级的感觉

最好吃的芦笋 我是在纽约吃到的 就是在那种有机超市买到的 特别脆

那时候我和 Jess 还有 Harry 一起去纽约玩 第一天早上起来 我给大家做早饭 那是我们第一次一起出国玩 大家一起吃早饭的样子 喜欢这道菜的情景 一直记得 差不多也是从那时候开始 打算每年都要和他们旅行一次 后来我们去了伦敦 苏格兰 冰岛 芬兰 佛罗伦萨……

用料   3 人份

6 个 鸡蛋	少量 莳萝叶	2 勺 柠檬汁
8 根 芦笋	少量 欧芹	少许 白胡椒粉
少许 海盐	1/4 杯 橄榄油	

做法

1. 将鸡蛋放入水中煮 4 分钟 煮好后放入冰水中

2. 将芦笋折成短枝去皮 去掉根部比较老的部分

3. 在水里加盐煮沸 放入芦笋 煮 3 分钟后取出 放入冰水中 30 秒后取出 沥干

4. 鸡蛋剥壳 用手掰开成两半 放在芦笋上

5. 将少许莳萝叶和欧芹点缀在鸡蛋上 淋上柠檬汁和橄榄油 最后撒上少许海盐和白胡椒粉

严厉大叔
温暖的混合蘑菇

我在墨尔本的家对面有个菜市场 里面有一个摊位 专门卖蘑菇 不仅有超市或者平时蔬菜摊位能看到的普通蘑菇 还有各种各样 野生的当地蘑菇 有童话里面橘红色那样伞形的 有网状的 有像铅笔形状的……那家店的老板有点凶 我第一次去买蘑菇的时候 问能不能刷卡 我没有现金 他直接把我手里捡了一袋子的蘑菇拿回去说 只收现金 不过他家的蘑菇太好吃了 尽管他态度不好 从那之后 我每次去市场都准备一些现金 去买蘑菇 次数多了 他记住了我 态度也变得好很多 还时不时送我一些 做蘑菇用的香草

今年墨尔本疫情变得严重 菜市场很多家摊位都开始使用银行卡的无接触支付 我想说那家蘑菇摊位终于可以刷卡了 结果去菜市场 发现他家还是只收现金 真的是个倔强的老头

用料　　　　　　　　　　　　　　　　　　　　**4 人份**

8 个 蒜瓣 切碎	50 克 虫草花
2 个 黄洋葱 切细丝（或者大葱 切丝）	100 克 黑木耳 泡软
150 克 蟹味菇	少许 黄油
150 克 白玉菇	少许 白胡椒粉和盐
100 克 金针菇	半杯 橄榄油
200 克 平菇 撕碎	半杯 干白葡萄酒
100 克 灰树花 撕碎	半杯 新鲜荷兰芹 切碎

做法

1. 把大蒜 洋葱 盐放入一个厚底锅中　加入所有菌类（除了金针菇和木耳 因为它们很容易熟）

2. 炉灶开大火 加入黄油 橄榄油 白胡椒粉 盖上锅盖等 5 分钟 这期间不要翻炒 让锅里所有味道 彼此认识 融合

3. 加入白葡萄酒和剩下的金针菇 木耳 翻炒后 改小火不盖盖子 等 5 分钟 所有的蘑菇都软了熟了 就好了

4. 撒上荷兰芹就可以上桌了 不要玩手机 不要拍照 趁热才好吃

白兰地鸡肝酱

其实我对内脏方面的食物没有特别喜欢 我不怕那个味道 但从口感上来讲 多多少少会觉得怪怪的 所以即使去羊汤馆点羊汤也基本是喝汤 而留下很多羊杂吃不掉 鸡胗 猪肚 大肠这些东西基本不吃 但肝我是很喜欢的

小时候 妈妈就经常买回来半个猪肝 用花椒 大料煮过 切成薄片蘸蒜酱给我吃 我妈说她之前是不喜欢吃肝的 只是怀孕以后就忽然很馋猪肝 我们当时在西安的邻居很热情 经常做猪肝给我妈吃 我妈说所以我出生的时候 一睁眼 眼睛特别亮 就和这个有关 所以我想 可能我其实也是不喜欢吃猪肝的 只是听了妈妈的故事 所以养成了吃肝的习惯

澳洲这边基本上买不到猪肝 而且猪肉也没有国内的好吃 鸡肉鸡肝倒是很不错 价格又便宜 其实我觉得鸡肝的味道真的很好 可能没有鹅肝那么细腻但是味道的层次很丰富 也没那么肥

我喜欢在很多朋友来家里聚会前做一罐 然后买法棍面包 切片 涂着吃 夏天的时候 非常适合配上一些白葡萄酒

用料

4 ~ 6 人份

300 克 黄油 放置室温

少许 橄榄油

2 个 葱头（看起来像红色洋葱 但是更小）去皮切碎

2 个 大蒜 去皮 切碎

400 克 鸡肝（最好是知根知底的鸡肉店 在墨尔本有一家我经常去的鸡肉店 可以根据想要的烹调方式选择适合的鸡肉 鸡蛋 非常方便 是一家上海人开的）

1 把鼠尾草

1 小杯 白兰地

1 小撮 豆蔻粉

一些 绿色沙拉

少许 盐和黑胡椒粉

法棍面包

做法

1. 烤箱预热 110 ℃ 把一半的黄油放到可以放入烤箱的煮锅里 放入烤箱 大概 8 ~ 10 分钟 直到黄油开始分层 倒出来 上面金黄透明的部分留着使用 剩下奶色的部分不用

2. 把平底锅加热 放入橄榄油 慢慢用小火煎葱头和大蒜碎 大概 5 分钟左右到变软 透明状时 取出放入盘中

3. 同样的平底锅 再次加热 放入橄榄油 把鸡肝和大部分鼠尾草放进去煎炒 鸡肝每一面都煎几分钟 只要外面变色就好 里面还是粉色的 这里注意 如果火太大或者煎炒时间太久 鸡肝会变老 等下做的鸡肝酱口感就不好

4. 加入白兰地 这个时候可以用大火 逼出酒的香味 （但是小心烧到头发） 盖上盖子煮 1 分钟 然后把做好的鸡肝放入搅拌机里 同时放入做好的葱头还有大蒜碎 一起搅拌直到变成细腻的泥状 放入剩下一半的黄油 继续搅拌 放入黑胡椒粉 盐和豆蔻粉调味 把混合物盛到一个小器皿里

5. 把鸡肝混合物压平 撒上新鲜的鼠尾草 然后把之前做好的纯净黄油倒在上面密封用 一般放到冰箱里 1 个小时后就可以吃了 但是放久一点会更入味 因为有黄油在上面密封 按理说只要是在冰箱里 两周内都可以拿出来吃 但是我没有试过那么久就是了 一般做好两三天内就吃光了

吃的时候配上面包片和沙拉……不管是夏天午后和朋友小聚 或者两个人在家看电影的夜里 都很适合

希腊沙拉

经常会有人问 你最喜欢做的一道菜是什么 我都会说 是沙拉 然后对方就会露出一种 不是很满足 不知道怎么接话的表情

沙拉在很多人眼里 感觉非常平淡无奇 我却觉得很有意思 冰箱和橱柜里的各种食材 应该有上千种组合可以做成沙拉

最普遍的沙拉酱料应该是 橄榄油和醋的组合 这里面的黄金比例是3:1

可以用米醋 柠檬汁 红酒醋 苹果醋 橙汁或者其他水果汁代替醋

如果想要酥脆的口感 可以放烤过的果仁 煎过的培根 酥脆的面包块 甚至薯片

咸的部分可以用盐 腌过的鱼 蔬菜 或者肉 可以用酱油 大酱

我觉得任何吃的东西都可以做成沙拉 不过有一点要注意 沙拉本身 和沙拉酱料上桌之前才混合在一起 过早拌好 就不脆了 卖相也不好

用料   4 人份

8 片 生菜	8 个 小番茄	2 勺 柠檬汁	半勺 芥末酱
半根 黄瓜	2 勺 橄榄油	半勺 盐	少许 胡椒粉

做法

1. 将生菜洗净 撕成较小块
2. 黄瓜切片 小番茄对半切 也可以用手撕
3. 将橄榄油 柠檬汁 盐 芥末酱和胡椒粉均匀混合
4. 在大碗中放入所有菜类和调料搅拌均匀

烤小土豆

如果喜欢做西餐 我觉得就一定要掌握怎么可以烤出来好吃的土豆 因为不像中国菜的融合 西餐更讲究分类 很多中国菜 好像是指定婚姻 而西餐相比之下 比较像自由恋爱 所以你看 中国土豆炖牛肉 炖了那么久 彼此熟悉 也改变了对方的样子

西餐里做牛肉就是牛肉 做土豆就是土豆 不太能偷懒 所以掌握这个技巧很重要

土豆有各种烹饪方法 可以做土豆泥 可以炸成薯条 可以蒸熟 放一些黄油在上面 也可以烤 我最喜欢烤土豆和炸薯条

用料 4 人份

750 克 小土豆	少许 盐	1 小块 黄油	10 个 蒜瓣
少许 橄榄油	少许 黑胡椒粉	1 把 鼠尾草	少许 西芹碎

做法

1. 小土豆 洗干净 放入盐水里 冷水煮沸后 再煮 10 分钟 拿出来 压一压 压到土豆裂井

2. 准备烤盘 倒入橄榄油 撒少许盐和黑胡椒粉 切一小块黄油放进去 再放鼠尾草和蒜瓣

3. 把土豆 倒进烤盘 搅拌均匀

4. 烤箱预热 180 ℃ 烤 50 ~ 60 分钟 最后撒上西芹碎

5. 如果想吃到表面更酥脆的烤土豆 可以在一开始 去皮 煮完后 颠一颠 让其表面面面的 在烤到 40 分钟左右的时候拿出来 按裂开 再烤 20 分钟 这样做出来的烤土豆 表面会更脆

葡萄柚沙拉

这道沙拉里面的血橙 可以用西柚 柚子或者橙子代替

切的时候 先把血橙 上下去皮 然后平放在菜板上 用刀顺着血橙的弧度去皮 然后在一排排的果皮里面取出果肉 虽然操作起来挺麻烦的 但吃起来的时候 是很愉悦的 而且这种取果肉的方式 可以用于所有圆形的水果 比如 猕猴桃 西瓜 菠萝 ……多练习的话 会越来越快的

切剩下的部分 可以用手榨汁 配上橄榄油和一点醋 作为沙拉酱料

用料   2 人份

1 个 葡萄柚	1 勺 橄榄油	200 克 芝麻菜
1 勺 意大利醋	2 勺 盐	

做法

1. 葡萄柚去皮 白色苦的部分也挖去 只留下红色果肉

2. 将醋 橄榄油和盐混合做成简单的淋酱

3. 把芝麻菜和剥好的葡萄柚果肉在盘子里摆好 吃的时候淋上酱 （如果提早把酱倒上去 葡萄柚就会染到醋的颜色 卖相变差）

大虾与溏心蛋

这道菜的形式 很像西班牙小吃 但口味很亚洲 因为配料很简单 新鲜的鸡蛋和虾非常重要 我很喜欢这道菜的颜色 蛋黄和煮熟的虾的颜色 相得益彰 很适合坐在阳台 穿着短裤 一边吃一边喝冰啤酒

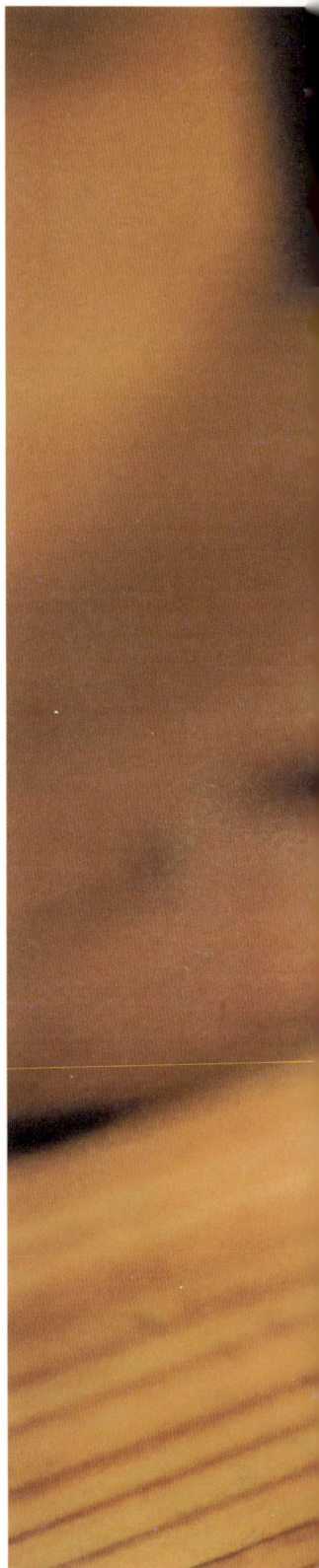

用料 2 人份

2 个 鸡蛋	1 个 蒜瓣	少许 黑胡椒粉
2 勺 盐	少许 生姜	少许 初榨橄榄油
4 只 大虾	少许 欧芹	1/4 个 生菜
1 个 红尖椒	少许 柠檬汁	

做法

1. 水沸腾后 加入 2 个鸡蛋 煮 7 分钟 捞出冷却去壳备用

2. 锅里煮水 加 2 勺盐 大虾下水 煮 1 分钟 捞出 放入冰水中 立刻捞出沥干

3. 将大虾去壳 去虾肠线 对半切开

4. 红尖椒洗净 对半剖开去籽切丝 生姜切丝 蒜瓣切薄片 加欧芹 一起放入臼子里 再挤少许柠檬汁 加少许橄榄油和盐 一起捣烂

5. 酱汁与大虾充分搅拌

6. 生菜切丝 抓一把放入小碗内 将大虾放在生菜上

7. 用手掰开 煮好的鸡蛋 放置在大虾上面 撒一点黑胡椒粉 完成

马铃薯沙拉

不知道 是否健康 我很喜欢吃罐头 比如 金枪鱼罐头 凤尾鱼罐头 午餐肉
罐头 山楂罐头 好的凤尾鱼罐头 一般超市里买不到 只有好的菜市场才有 一般
我都会一下买七八罐 回家直接配着面包吃 做意面 炒青菜 都非常好吃 相比之
下 金枪鱼罐头 单独吃 我不太行 总感觉是在吃猫粮 不过 放到三明治里或者
拌沙拉 就特别棒

要注意 等土豆泥凉下来再和金枪鱼拌到一起 貌合神离的时候比较好吃

用料 2 人份

3 个 马铃薯	1 勺 醋	1 大勺 芥末酱
半个 洋葱	90 克 金枪鱼罐头	1 个 青椒 切细条
少许 盐	50 克 美乃滋酱	少许 黑胡椒粉

做法

1. 马铃薯带皮存水中煮 40 分钟 静置待凉
2. 洋葱切成丝 加盐和醋搅拌 放 10 分钟
3. 马铃薯放冷后捣成泥
4. 加入金枪鱼罐头 美乃滋酱 芥末酱 洋葱丝和青椒丝
5. 撒上黑胡椒粉 细致又充分地混合搅拌 就可以了

烤茄子配西红柿

　　我很爱吃茄子 但很少做 总感觉自己做得不好吃 我妈妈特别会做茄子 蒸的 炖的 炸的 炒的 都很棒 我最喜欢吃的是茄子盒和茄子包 这两个菜的馅儿都是猪肉韭菜 但做法不一样 很多人吃茄子盒都喜欢吃炸的 但我觉得那个太油了 我妈妈做的茄子盒很薄 裹的面也稀稀的 她不炸 一般都用平底锅煎 煎茄子盒和半凉的小米稀粥是绝配 茄子包是一整根茄子塞馅儿进去蒸出来的 我觉得好吃的茄子包 是第二天热过之后凉下来的 配热大米饭吃

　　这里的做法比较简单 也不太容易出错 是我经常做的一道菜 西红柿丰富了这道菜的口感

用料　　　　　　　　　　　　　　　　　　　　　　　3 人份

500 克 茄子	7 个 蒜瓣 切碎	少许 海盐
80 克 初榨橄榄油	少许 百里香	少许 白胡椒粉
少许 植物油	2 个 中等大小熟透了的西红柿	
少许 盐	少许 柠檬汁	

做法

1. 烤箱预热 180 ℃

2. 茄子对半切开 用橄榄油 全部轻涂一遍 切开面朝上 放入烤盘

3. 再淋少许植物油 放百里香 盐和蒜 用锡箔纸盖好 放入烤箱 烤 45 分钟 直到茄子软烂

4. 取出茄子 将烤箱预热至 200 ℃ 将植物油淋在茄子上 不盖锡箔纸 再烤 15 分钟 直到茄肉微微焦黄

5. 将茄子摆入盘中 西红柿切片放在上面

6. 淋上剩余的橄榄油和柠檬汁 撒少许海盐和白胡椒粉

软心荷包蛋牛油果

做软心荷包蛋的时候 鸡蛋非常重要 不新鲜的鸡蛋 蛋白不包裹蛋黄 倒入热水里很快就散掉了 在一个杯子里装满水 把鸡蛋放进去 新鲜的鸡蛋会沉底 不新鲜的鸡蛋会立起来 甚至浮起来

另外 大家买了鸡蛋回家 应该一周内吃掉 而且没有必要放到冰箱里 我觉得室温放置的鸡蛋口感更好

白醋会让鸡蛋软 而且白

用料   1 人份

2 个 新鲜鸡蛋	少许 盐	少许 橄榄油
2 勺 白醋	少许 胡椒粉	1 片 吐司
1 个 牛油果		

做法

1. 将 1 个鸡蛋 打入小碗里

2. 在牛奶锅里加水 至少 5 厘米高 加入白醋 大火烧开后 改小火

3. 用锅铲顺时针搅动 形成一个小小的漩涡

4. 将鸡蛋轻轻倒入漩涡中间

5. 差不多 3 ~ 4 分钟 用镂空的汤勺盛出鸡蛋 放到厨房纸上沥干 重复这个步骤做另外一个鸡蛋

6. 吐司烘烤过 加上半个牛油果 放上煮好的鸡蛋 撒上胡椒粉和盐 淋上少许橄榄油

鸡蛋饼大虾夹扇贝

这是一道比较贪心的菜 有的时候一个人去饭店 差不多点一个菜一碗米饭就够了 但每次看到菜单 我总是这个也想尝尝 那个也想试试 这道菜 解决了这个问题 一个简单的蛋饼里 有蔬菜沙拉 也有扇贝和虾仁 一口咬下去 有许多种滋味 因为是鸡蛋饼包裹的 再加上一碗米饭 也很适合 齐了

用料   2 人份

60 克 豆苗	4 只 大虾	番茄辣椒酱
少许 黑木耳	少许 盐	1 杯 米醋
少许 葱	少许 黑胡椒粉	半杯 白糖
50 克 绿豆芽	50 克 扇贝丁	1 个 红辣椒 去籽切丝
半个 西红柿 切碎	少许 植物油	2 勺 海盐
少许 薄荷叶	4 个 鸡蛋	1 个 小西红柿 切块
4 个 蒜瓣 切开		2 勺 鱼露

做法

1. 先做番茄辣椒酱 把米醋和白糖放在小锅里 低温加热 让糖化开 再煮 10 分钟左右

2. 将盐和红辣椒捣碎 放入西红柿 再捣几下 倒入半杯前面烧好的米醋和白糖的混合汁 加鱼露 搅拌均匀

3. 将豆苗用开水焯 30 秒 沥干放入冷水中 再次沥干

4. 将豆苗 黑木耳 葱 绿豆芽 西红柿 薄荷叶 蒜瓣 放入一个大碗里 搅拌均匀 加入刚刚做好的番茄辣椒酱

5. 大虾去头去壳 只留虾肉 用盐和黑胡椒粉腌一下

6. 扇贝丁洗干净 锅里加油 将虾和扇贝丁分别煎熟

7. 打鸡蛋 略微加水 锅里加油 倒入鸡蛋液 单面煎熟 不用翻面

8. 迅速地将混合的菜放在蛋饼上 再放上虾和扇贝 将蛋饼折叠起来

荷兰豆杏仁沙拉

我很喜欢荷兰豆 因为不像其他的豆子 如果没处理好 会有豆腥味 我不清楚荷兰豆是不是就是豌豆 应该很相似 我在伦敦学插花的时候 最后经常会用豌豆花来点缀 营造轻盈和具有动感的视觉 我很喜欢豌豆花 在上海可以买到日本进口的长长的豌豆花 但是特别贵 墨尔本的新公寓有长长的阳台 我就想种一些豌豆花 长得又快又好看 还能吃 一举多得

用料   2 人份

200 克 荷兰豆	1 把 杏仁粒	适量 盐
5 克 橄榄油	适量 芝麻酱	适量 胡椒粉

做法

1. 荷兰豆洗净择去两端的梗 用热水焯至变色后放入冷水中浸泡几分钟 沥干水分备用
2. 锅烧热加入橄榄油 放入杏仁粒 煎至表面微黄 （如果是脆杏仁 就不用煎）
3. 大碗中倒入芝麻酱 放入荷兰豆 拌匀
4. 加入杏仁粒 同时加入适量盐 胡椒粉 拌匀 装盘即可

丹麦单面三明治

度过了湿冷的寒冬 上海刚刚变暖 尽管树还没发芽 但是已经能感觉出来里面已经开始孕育绿色 我回到墨尔本已经一周了 短短时间 阮告诉我 上海已经春光明媚了

这个食谱是在丹麦学到的 很适合春夏做

其实单面三明治的搭配各种各样 不变的是做三明治用的面包 一般都是黑麦面包

基本上丹麦人一天三餐都可以吃这个

这里教大家的是我经常做的一种 里面有生菜 大虾 番茄 还有美乃滋 其实黑麦面包上的食材可以根据自己的喜好来搭配 比如 熏三文鱼配奶油乳酪加水萝卜叶子／丹麦肉丸配腌甜菜根 都很好

用料   2 人份

200 克 大虾	300 克黑麦面包	少许 盐
5 毫升 鲜柠檬汁	3 ~ 4 片 生菜	少许 胡椒粉
适量 美乃滋		

做法

1. 大虾煮熟 去头去壳 将新鲜的柠檬汁挤在虾肉上

2. 取适量的美乃滋与虾肉混合均匀

3. 把洗净的生菜放到黑麦面包上 （这里要注意 很多人喜欢把酱料放到最下面 直接涂在面包上 这样不好 因为如果不马上吃掉的话 酱料里的水分会让面包变软影响口感） 接着放上做好的大虾

4. 用盐 胡椒粉调味 最后再淋上美乃滋 做好之后 尽快吃 和香槟非常搭

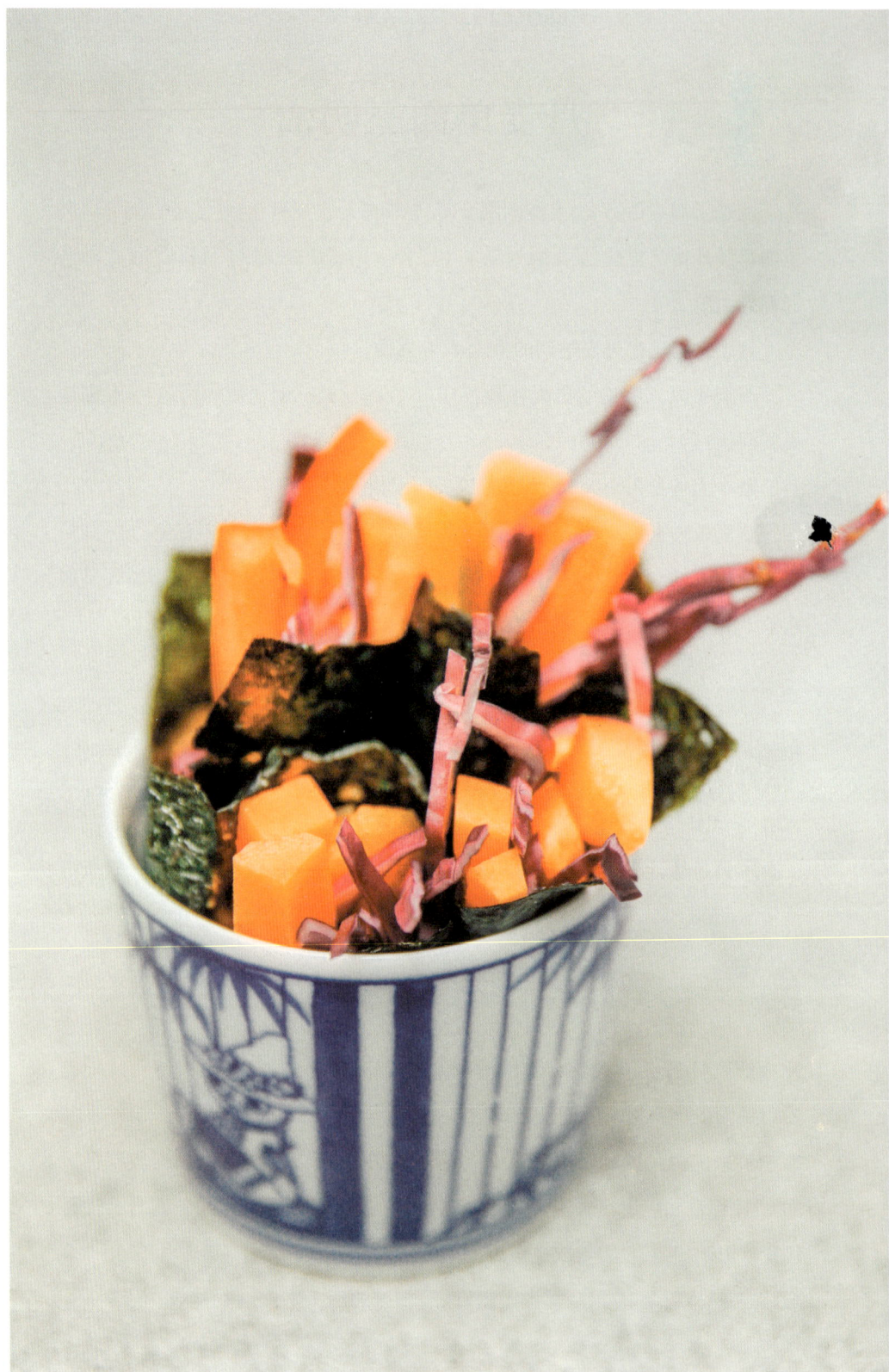

花生海苔蔬菜卷

其实这道菜挺做作的 而且海苔片 不是很容易卷起来 加上它沾湿了以后 又软软的 本来不想加到菜谱里面了 但没想到 照片拍出来 看着非常美 而且 这应该是整个食谱里最健康的一道菜了 所以还是决定留下来

应该很适合野餐的时候做 也很适合小朋友 不过想一想 一些我们自己都 不喜欢吃的东西 却硬要给小朋友吃 感觉他们也很不容易 哈哈

用料   2人份

1/4 颗 紫甘蓝	2 勺 花生酱	半勺 蒜泥
半根 胡萝卜	1 勺 酱油	1 勺 柠檬汁
1 个 甜椒	2 勺 金酒	4 片 海苔

做法

1. 将紫甘蓝切成丝 胡萝卜和甜椒 切成细条

2. 将花生酱 酱油 金酒 蒜泥 柠檬汁 混合搅拌均匀

3. 在海苔片上涂上花生酱汁 放上蔬菜 卷起 即可食用

腌柠檬

　　我见过最好的柠檬 是在夏日里的意大利南部 每一颗柠檬都很饱满 像拳头那么大 可以理解为什么很多香水原料里 金贵的柠檬精油来自意大利南部 腌过的柠檬和鱼 或者鸡肉一起烤 一下子就从口味上变幻出异域风情

用料

3 个 有机黄柠檬　　　　　　半杯 细海盐　　　　　　半杯 二砂糖

做法

1. 取一个碗 将细海盐和二砂糖混合

2. 柠檬切薄片 去籽

3. 取一个带盖子的玻璃容器 撒一层盐糖 放一层柠檬片 再撒一层盐糖 放一层柠檬片 直到放完所有柠檬片

4. 盖上盖子 放入没有阳光直晒的地方保存

5. 经常查看 如果柠檬片没有完全浸在释出的柠檬液中 可以再撒一层盐糖

6. 3 天之后即完成 之后冷藏备用

最简单又有营养的西蓝花

多吃西蓝花对身体好 这个说法 第一次我是听小四说的 估计也有十几年时间了 在那之前 我是不怎么吃西蓝花的 在那之后 我慢慢地喜欢上了这个蔬菜 最常做的方法就是 用热水煮熟以后 用大蒜片来炒 现在这个升级版的做法是我的健身教练 Euan 教我的 西蓝花用冷水煮到沸腾 立刻关火 这个时间刚刚好 快速地把热水倒掉 用冷水冲洗 可以保留鲜艳的绿色和营养 之后也不用二次烹饪 这点很好 淋上好的橄榄油 撒上胡椒粉和盐 就已经很好吃了 我觉得比饭店的炒西蓝花更好吃

用料   2 ~ 3 人份

500 克 西蓝花   少许 橄榄油

1 勺 盐   少许 黑胡椒粉

做法

1. 将西蓝花的小朵 剪下

2. 准备一口锅 放冷水 放盐 西蓝花入锅 煮到水沸腾 1 分钟后出锅 用冷水沥一下

3. 摆盘 淋一点橄榄油 撒一些盐和黑胡椒粉 就可以了

南瓜汤配烤培根

　　一年四季不分季节 我都很喜欢喝汤 如果一群朋友来吃饭 提前做好一锅汤可以减轻很多压力 南瓜汤很适合在天冷的时候喝 煮的时候 厨房里满是 甜甜的南瓜和肉豆蔻的香味 加上奶油和烤酥的培根 可以丰富汤的口感 简单的蔬菜汤 也可以喝出惊喜

用料　　　　　　　　　　　　　　　　　　　　　2 ~ 3 人份

500 克 南瓜	1 小勺 红甜椒粉	1 片 培根
少许 植物油	少许 莳萝籽	少许 奶油
半个 洋葱	少许 豆蔻粉	少许 香葱
1 根 胡萝卜	少许 盐	50 克 黄油
2 片 香叶	少许 黑胡椒粉	

做法

1. 将南瓜洗净 去皮 切小块 洋葱切碎 胡萝卜切丁

2. 热锅 加少许植物油 放入洋葱碎 胡萝卜丁和南瓜块 再放入香叶 红甜椒粉和莳萝籽翻炒

3. 加水 大火煮开 改小火煮 15 ~ 20 分钟 煮至用勺子可以一下子切开南瓜块就好了 再加少许盐 黑胡椒粉 豆蔻粉调味

4. 取出香叶 南瓜放温了以后 开始搅拌

5. 用汤勺分批将南瓜和汤一起加入搅拌机 搅拌至顺滑

6. 把搅拌好的南瓜汤倒回锅里 加黄油 再煮热

7. 培根切成小片 放入烤箱 预热至 220 ℃ 烤大约 1 分钟 培根就会酥脆了

8. 把汤盛出来 浇一勺奶油 放几片烤培根 撒一点细香葱即可

酥皮西红柿奶油汤

　　中国的汤和外国的汤的区别是 中国的汤身形分开 比如 西红柿鸡蛋汤 冬瓜排骨汤 汤里面有滋味 但食物本身的形状也在 外国的汤很多食物本身的样子已经消失在汤里 成了别的什么东西 不论是蘑菇汤 西红柿汤 还是洋葱汤都是这样 奶油西红柿汤 比西红柿鸡蛋汤更有西红柿的滋味 加入酥皮 又丰富了西红柿汤的口感 而且看起来也高级很多 比较有趣

用料

3 ~ 4 人份

500 克 西红柿	少许 辣椒碎	1 盒 冷冻酥皮
1 个 紫洋葱	少许 盐	1 个 鸡蛋
少许 橄榄油	少许 黑胡椒粉	1 杯 奶油
3 个 蒜瓣	4 杯量 蔬菜汤或鸡汤	1 勺 牛奶
少许 百里香	少许 新鲜罗勒	

做法

1. 新鲜西红柿去蒂 对半切开 紫洋葱去皮 切丝

2. 烤盘里倒入橄榄油 放入洋葱丝 蒜瓣和百里香 把切好的西红柿均匀铺满 再次淋上橄榄油 轻抓几下 使橄榄油均匀覆在西红柿表面 烤箱预热 200℃ 烤 30 ~ 45 分钟

3. 准备一口汤锅 将烤好的西红柿倒入 挑出百里香

4. 加入少量辣椒碎 盐 黑胡椒粉 倒入 4 杯鸡汤或蔬菜汤 再加切碎的新鲜罗勒 煮大约 20 分钟

5. 加入一杯奶油 用搅拌器搅碎西红柿 使汤顺滑

6. 超市买来的冷冻酥皮 事先放入冰箱冷藏 使其略变软 取一张 用一个略大的碗倒扣 用刀顺着碗边 划出一个圆形酥皮

7. 将蛋清和蛋黄分离 取蛋黄部分 加一勺牛奶 搅拌均匀 用小刷子刷在圆形酥皮上

8. 将西红柿汤盛入小碗里 把涂了蛋液的酥皮覆盖在小碗上（蛋液面向上）按紧酥皮边缘

9. 烤箱预热 200 ℃ 将小碗放在烤盘上 烤 20 分钟 酥皮金黄即可

英国洋葱汤

　　这是我之前在官邸工作的时候 我们菜谱上 我最喜欢的一道菜 如果晚上的食谱上有洋葱汤 上午的时候 我就开始切洋葱了 50 个人的订单 差不多要切 40 个洋葱 在大大的汤锅里加热的时候 整个厨房都是炒洋葱的香气

　　说是法国洋葱汤 可能只是因为用法国洋葱做的极致 好吃 但欧美很多地方其实都有 就好像薯条很多地方都有 但大家谈到的时候会说 french fries（炸薯条）

　　法国洋葱汤和英国洋葱汤的区别 跟时装上的区别有点类似 法国洋葱汤的洋葱 一般就是我们常见的 棕色洋葱 高汤是牛骨高汤 就像他们穿衣服 不会穿得花枝招展 简简单单的单色或者双色 英国洋葱汤 多数会混合几种葱 比如洋葱 葱头 大葱 总的来说口感更偏甜 高汤的话 也没有非常严格 牛骨汤鸡汤 蔬菜汤都可以 相对来说更平易近人

用料

5 ～ 6 人份

2 个 紫洋葱

2 个 白洋葱

1 根 大葱

4 个 蒜瓣

适量 橄榄油

1 块 黄油

少许 盐

少许 黑胡椒粉

6 片 鼠尾草

2 升 鸡汤

白面包

奶酪

少许 伍斯特酱

做法

1. 洋葱切丝 大葱切段 蒜瓣拍碎

2. 锅里倒入橄榄油 放入黄油 蒜瓣和鼠尾草一起炒

3. 加入所有的洋葱和大葱 加少许盐和黑胡椒粉 继续翻炒

4. 转中火煮 25 分钟 葱的糖分和味道都会出来 这个时候洋葱和大葱都会变成深棕色

5. 加入鸡汤 煮 10 ～ 15 分钟 倒入烤盘里

6. 白面包切片 撒满奶酪 放在烤盘里的洋葱汤上 再滴几滴 伍斯特酱

7. 放入预热 180 ℃的烤箱 大约 1 分钟 奶酪熔化 即可

小季的冰岛羊汤

冬天的时候 我去季未燃家吃饭 他做了水果酒 我和朋友们围在茶几边 一边喝一边聊天

特别佩服他 小小的一个厨房 却源源不断地一道接一道地上菜 这个冰岛羊汤 是我最喜欢的一道 他说他去挪威玩的时候 当地的餐馆很贵 也不觉得好吃 于是想起在冰岛的时候 在休息站买的羊汤 就自己尝试着做了起来 结果特别好喝 后来回国以后 也会时不时地做一下

冬天能喝到羊汤真的是很幸福的事情了 我觉得这里面放的青豆很有趣 像有了点西餐的感觉 一般来说青豆都是在超市里冷藏区卖的 但区别于冷藏区很多不健康的速冻食品 冷冻的青豆可能比大部分市场的青豆还有营养

家里常备这个青豆 如果没有蔬菜的时候 煮一下放点盐和胡椒粉 放一点点黄油拌一下 就是一道菜 健康又可口

用料

2 ~ 3 人份

400 克 羊肉	2 个 大西红柿	400 克 青豆
2 个 蒜瓣 切片	1 个 白洋葱	少许 肉桂粉
少许 生姜 切片	180 克 铁棍山药	少许 甘牛至粉
少许 料酒	2 根 胡萝卜	适量 花生油

做法

1. 羊肉切块 加料酒 姜片 蒜片 腌 15 分钟 （如果不想吃肥肉 可以剔除一些肥肉 羊肉可以直接用 不用焯水 如果不想要太多的羊肉味 在腌制之前 可以焯一下水）

2. 西红柿去皮切块 白洋葱切小块 备用

3. 锅里加油烧热 倒入洋葱煸炒 加入羊肉 肉桂粉和甘牛至粉 加热水 放入西红柿 小火煮 40 分钟

4. 加入山药块 胡萝卜块和青豆 再煮 20 分钟

骨髓培根蔬菜汤

伦敦有个饭店叫 St John 在我心里 它做的就是英国的 "东北杀猪菜" 连商标都是一只猪 非常一目了然

我在伦敦东区的公寓旁边有个小 St John 它们提供非常棒的早餐和甜甜圈 我最喜欢它家的猪血糕 现在每次回伦敦 都会去吃 然后点个甜甜圈 接着会在伦敦走上大半天消耗那个热量 上一次我和那谁去伦敦 两个人走了大半天后 又累 又饿 我决定带那谁 去 St John 吃晚餐

这个骨髓蔬菜汤 就是那晚的特别推荐 当天挺冷的 但是喝了这个汤以后 身子一下子就热起来了 上面烘烤过的酥脆的培根和软软的混合蔬菜 还有猪骨髓汤呼应 非常地让人满足和治愈 回上海后 我又做了好几次

这个骨髓汤用猪骨头或者牛骨头都可以 可以用来作为高汤 也可以用来泡方便面 每次我都喝得一滴不剩

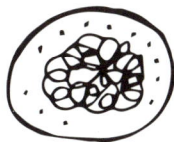

用料   2 人份

骨髓汤

5 斤 猪大骨或牛大骨	2 片 香叶
2 个 白洋葱	1 小勺 黑胡椒粉
2 个 胡萝卜	少许 苹果醋
2 个 大蒜	少许 西芹
1 根 大葱	少许 芹菜叶
2 段 芹菜	

骨髓培根蔬菜汤

半颗 紫甘蓝

2 根 西芹

1 根 胡萝卜

半个 洋葱

2 片 培根

少许 植物油 盐 黑胡椒粉

做法

骨髓汤

1. 将大骨放入烤箱 预热 180 ℃ 烤 20 分钟

2. 洋葱切开 胡萝卜切小段 大蒜对半切开 放入烤箱 预热 180 ℃ 烤 30 ~ 45 分钟

3. 准备一口大的汤锅 放入烤好的大骨和所有蔬菜 加入切块的大葱 芹菜 香叶 黑胡椒粉 苹果醋 切碎的西芹和芹菜叶 加水没过所有食材

4. 小火煮 20 ~ 24 小时 时常翻动一下 在最开始的几小时内 会有浮沫出现 要将其清除掉

5. 汤煮好后 把里面的所有食材捞出 并用过滤网过滤出汤

6. 将汤放入冰箱冷藏 直到表面的油脂凝固 去除凝固的油脂 剩下的清汤 就是骨髓汤了

骨髓培根蔬菜汤

1. 锅里倒入植物油 放切碎的紫甘蓝 西芹 胡萝卜 洋葱炒香

2. 加入适量的骨髓汤 少许盐和黑胡椒粉

3. 培根切成小片 放入烤箱 预热 220 ℃ 烤大约 1 分钟 培根就会酥脆了

4. 把汤盛出来 放几片烤培根 即可

深海三文鱼蘑菇烩饭

其实这道菜在我心里 就是欧洲版本的炒饭 如果做了米饭 还有地三鲜 炒白菜 酱牛肉这些剩菜 第二天我会把它们放到一起做个炒饭

但如果是西式方法烹饪的剩菜 比如烤鱼 熏肉 烤蔬菜这些相对比较适合做成烩饭 这里的三文鱼是烤过的 其实也就是剩下的三文鱼

在上海很难买到便宜质量又好的三文鱼 我觉得其实宜家冷冻的三文鱼还不错 比盒马鲜生的要好 我也很喜欢吃宜家的肉丸

用料

2 ～ 3 人份

2 块 深海三文鱼	少许 黑胡椒粉	少许 白葡萄酒
少许 糖	1 根 小葱	6 个 蘑菇
少许 盐	1 小段 胡萝卜	适量 鸡肉高汤
少许 姜粉	1 根 西芹	适量 切达奶酪
少许 香菜籽	3 个 蒜瓣	适量 芝麻菜
少许 威士忌	少许 洋葱	适量 橄榄油
少许 辣椒面	1 杯半 意大利烩饭米	

做法

1. 腌制深海三文鱼 深海野生三文鱼的肉质会比普通三文鱼更细嫩 也没有那么油 颜色呈深橘红色 把糖 盐 姜粉 香菜籽 威士忌 辣椒面 黑胡椒粉和葱一起研磨成酱汁

2. 把酱汁涂在三文鱼表面 装入塑料袋里 放到冰箱冷藏 腌制 1 个小时左右

3. 烤箱预热 180 ℃ 把三文鱼放置到烤箱里 肉向上皮向下 烤制 10 ～ 15 分钟

4. 将烤好的三文鱼用叉子弄碎 注意不要太碎 还是要看到大块的鱼肉

5. 胡萝卜 西芹切丁 蒜瓣切末 热锅放油 将切好的胡萝卜和西芹放进油锅 然后加入洋葱 改小火 加入意大利烩饭米（或短圆类型的大米）继续翻炒 注意不要煳锅 大概 2 分钟至大米呈半透明状

6. 加入白葡萄酒 切块的蘑菇 继续翻炒

7. 把加热过的鸡肉高汤添入锅里 加入高汤的量 刚好盖过大米 1 厘米就好 盖上锅盖

8. 每 3 ～ 5 分钟 打开锅盖检查一下 均匀地翻炒一下 如果高汤基本没了 按照上述办法 再加一次 这样反复 直到大米完全软化

9. 将三文鱼和烩饭混合 放入切达奶酪和芝麻菜叶 装盘即可

小枕头意面配蘑菇熏肉

这个小枕头意面的名字是我起的 因为我不知道中文怎么翻译 它的英文名字是 gnocchi（意大利团子）

小枕头意面很好吃 口感松软 味道十足又管饱 但是做起来很麻烦 因为要选到对的土豆才会好吃 然后还要煮熟 磨成泥和面粉混在一起 我也只是在厨房工作的时候和大厨一起做过

后来小托来我家吃饭 教给我一种非常简单的做法 不需要土豆 而且 15 分钟就能做好

用料 2 ~ 3 人份

适量 里科塔奶酪	6 个 蒜瓣	少许 胡椒粉
适量 帕尔马奶酪	2 片 Pancetta（潘珊达）腌肉	少许 香菜籽粉
300 克 面粉	1 个 青椒	少许 橄榄油
2 个 鸡蛋	100 克 蘑菇	少许 香草
1 小块 黄油	少许 盐	

做法

1. 将里科塔奶酪放在干净的厨房用布上铺平 上面再盖一层布 尽量吸收水分

2. 把吸干水分的里科塔奶酪放到盆里 放入帕尔马奶酪 面粉 1 个鸡蛋 1 个蛋黄 用软铲搅拌 1 分钟 如果过稀可以加一点点面粉 直到可以揉成柔软的面团为止

3. 将面团取出揉成细条 这里就和饺子很像了 不过不用擀成饺子皮 切成一团 一团的 像小枕头一样 可以放入冰箱冰冻 最多可以放一个多月

4. 吃的时候 把水烧开 放入面团 等面团浮出水面 30 秒后就可以出锅了 总共 用的时间差不多 3 分钟 与此同时 把煎锅加热 放入黄油 大蒜炒香 加入潘珊 达腌肉和切好的蘑菇片 放入盐 胡椒粉 青椒片 香菜籽粉 加入两勺煮面团的 水 最后加入面团 轻轻地翻炒

5. 把意面盛到盘子里 淋上橄榄油 撒上新鲜香草和帕尔马奶酪 趁热吃

藏红花海鲜烩饭

　　藏红花海鲜烩饭是所有烩饭里我最喜欢的一道了 我经常做 偶尔会失败 不是米弄得太软了 就是饭太干了 但是成功的时候就非常成功 比我在任何一个餐厅里吃的海鲜烩饭都要成功 我一个好朋友吃过我做的海鲜烩饭 隔了七八年 每次见面都还要称赞

　　但拍电影时 周迅 Amy 以及演员来我家吃饭的时候 我就做得特难吃 懊恼 那之后 我不断摸索 发现我之前以为做烩饭的要诀是一点点地加入海鲜高汤 人不能离开 但后来看了一个在日本的澳洲大厨的做法 自己也尝试了下 发现 用做米饭的方法 一开始就放很多高汤来煮 也能成功 其实最主要的还是高汤本身的味道 还有加入高汤的量 一般我都会用虾头炒一下 自己炖一个海鲜高汤 总觉得市场买来的高汤有点腥 不好吃 但最近我发现我们家楼下 我经常去的果汁店有了一款海带炖出来直接喝的海鲜汤 非常适合做这个 两瓶正好够三个人的量

用料

3 人份

1 杯 蔬菜高汤　　少许 橄榄油　　2 大把 蛤蜊

8 个 大虾　　少许 茴香　　1 把 小海虹

半根 胡萝卜　　半个 洋葱　　1 小块 黄油

1 小段 芹菜　　少许 白葡萄酒　　少许 盐

2 个 蒜瓣　　1 杯半 意大利烩饭米　　少许 欧芹叶

少许 藏红花

做法

1. 大虾去头去壳 虾肉待用 将虾头加入胡萝卜粒 芹菜丁和蒜末爆炒后 加入蔬菜高汤 煮沸后改小火待用 之后的使用过程里 高汤也一直是热的

2. 取少许藏红花 加水浸泡 20 分钟

3. 锅内加橄榄油 放入切碎的茴香和洋葱炒 5 分钟

4. 将少许白葡萄酒放入烩饭米中 边煮边搅拌 2 分钟 把浸泡好的藏红花汁（连同藏红花）倒入

5. 加 1 大勺高汤 边煮边搅拌 直到汤汁完全被米吸收 重复这个过程 直到米粒变软

6. 放入海虹 加高汤煮 2 分钟 等到海虹完全打开

7. 放入大虾和蛤蜊煮 2 分钟

8. 最后放入 1 小块黄油 加盐调味 撒欧芹叶 即可

紫苏鱼子罐头意面

我第一次吃鱼子意面 是和小茫在一个日本的意式餐厅里 当时觉得好吃又很特别 后面也在一些地方吃到过 大多是奶油的酱配上粉红色鱼子 简简单单的样子

我觉得紫苏的加入 让这道菜更日式了 我有一些朋友很迷紫苏的味道 甚至还会买紫苏糖 我吃过觉得还好 但紫苏本身确实有种鲜的味道 和海产品很搭

鱼子的话 我觉得可以做不同的尝试 如果是那种很新鲜的 一粒粒大颗的 可以多一些酱料 最后拌进去紫苏 上面点缀鱼子就好 我这里用的是相对便宜的来自大连的鱼子罐头 所以先炒了一下 让整道菜的味道更融合

意面的话 我推荐用细的天使面 绵密的鱼子黏在细细的意面上 吃起来的味道更棒

用料   2人份

1 把 天使意大利面	10 毫升 橄榄油	10 片 紫苏叶
5 克 盐	1 罐 鱼子（大约 130 克）	

做法

1. 意大利面用沸水煮 3 ~ 4 分钟 注意水里面要放很多盐 意面煮好以后沥干 可以放一些橄榄油 面就不会黏到一起

2. 如果用高级或大颗鱼子 在意面上浇两勺煮意面的水 加入切碎的紫苏和橄榄油 拌匀 点缀鱼子就好

3. 如果是便宜的鱼子 可以在平底锅中放入洋葱碎和黄油翻炒 变色后 依次加入一大勺鱼子 白葡萄酒 煮好的意面 切碎的紫苏叶 搅拌均匀 即可

4. 也可以加入其他喜欢的食材 比如虾 等等

意大利肉酱意面

意大利肉酱面应该算是最普遍的意大利面了 类似于我们的红烧牛肉面或者猪肉水饺 但是基本上 你问十个人 十个人会给你不同的做法 意大利面算是我最喜欢做的西餐之一 这里是我的做法

做肉酱面的时候 我喜欢用四分之一的猪肉 剩下的用牛肉 因为我发现放一些猪肉的话肉酱会更香 但是都是猪肉的话口感就没那么好

关于葡萄酒 我们学西餐课的时候 讲的是要放红酒 理论上 红肉配红酒 而且酱的颜色会更好看 但是我之前看过一个意大利美食的专题片 我喜欢的那个英国厨师去意大利学习做饭 意大利的老妈妈说 做意大利面 一定要用白葡萄酒 如果用红葡萄酒的话 会把所有的味道都盖掉 我这么多年做下来的经验就是 如果你的红葡萄酒质量不错 肉一般就用红葡萄酒 如果肉非常好 是那种市场买来的跑地猪 那就用白葡萄酒

用料   2 人份

1 把 意大利面	少许 胡椒粉	少许 新鲜罗勒叶或欧芹
2 个 蒜瓣	少许 盐	1 个 西红柿
50 克 猪肉	2 个 干辣椒	少许 蘑菇
150 克 牛肉	少许 干罗勒叶	少许 甘牛至叶
1 罐 去皮番茄罐头	2 杯 牛肉高汤	少许 橄榄油
半瓶 葡萄酒		

做法

1. 把锅烧热以后放油 把蒜末放进去 然后放肉进去翻炒 不要炒过了 肉基本变颜色就行 这时候放去皮的番茄罐头 这个罐头进口超市都有卖的 我喜欢买整个的 然后用刀在罐头里把它们搅碎 我觉得整个的番茄更有番茄味 放胡椒粉和盐继续翻炒

2. 放半瓶葡萄酒 干辣椒 干罗勒叶 甘牛至叶 翻炒均匀之后放牛肉高汤 盖过肉大概四指的距离 小火炖 这时候可以放一些 新鲜的西红柿丁或者蘑菇之类的 等汤炖得差不多没了就可以了

3. 超市买到的干的意大利面 水开以后煮面 不同意面包装上都有说清煮面时间 注意水里面要放很多盐 意大利都是这么做的 我也不知道为什么 我的意大利朋友说 他们家每个月都要用一盒盐 意面煮好以后沥干 可以洒一些橄榄油就不会黏到一起 煮多了的话 可以放一部分在冰箱里 下次吃

4. 将意大利面和炖好的肉酱炒一下 关火之后放新鲜罗勒叶或者欧芹就完成了 可以适量放一些硬奶酪 也可以放辣椒油

派斯多意面

派斯多意面 在我心里就是意大利的 葱油拌面 我觉得里面的松子是点睛之笔

增加了果仁香气的同时 也丰富了口感 这里面很重要的一个食材是罗勒 我觉得罗勒的好坏程度决定了 派斯多意面的好坏

记得有一次 有六七个朋友晚上来我家吃饭 里面有吃素食的朋友 所以我准备做派斯多意面 把罗勒 大半瓶好的橄榄油放到搅拌器里 搅碎以后一尝发现特别苦 没有办法 只好全部倒掉 非常浪费

只好又买了一次所有的食材 这次东西送到家以后 我学得精明了 先尝了下罗勒 第一片叶子还好 第二片叶子是苦的 所以那天晚上 我就临时改做 牛油果意面了 希望大家也记得我这个教训 买回来的罗勒要先尝一尝 再混合其他作料进去

用料   2 人份

3 杯 意大利罗勒   2 勺 松子(平底锅小火烘香)

2 个 大蒜   1/4 杯 橄榄油

1/4 杯 帕尔马奶酪   适量 海盐

适量 现磨柠檬皮丝   1 把 意面

做法

1.将罗勒 大蒜 帕尔马奶酪 柠檬皮丝 松子 放入打碎机中打碎 同时慢慢倒入橄榄油 最后放入盐

2.煮水加盐 沸腾后将意面放入锅里煮 具体煮多久 见意面包装

3.煮好的意面 放上前面做好的派斯多青酱 加少许柠檬汁搅拌 再加一些现擦的奶酪丝 就好了

炸鱼

提起炸鱼和薯条 很多人都能想到英国 但我吃过最好的 fish&chips（炸鱼薯）是在墨尔本 墨尔本大学附近的意大利一条街上 有一个鱼薯店 很大的店面 卖新鲜的鱼 寿司 还有鱼薯 小黑板上写着 当日的鱼的种类和价格 可以选择煎或者炸

如果是开车去公路旅行 穿过小镇最想吃到的也是炸鱼和薯条 现在也能记起来 大风天在海边和小托一起吃鱼薯的滋味

用料   2 人份

| 半杯 面粉 | 300 克 海鱼鱼片 | 半杯 冰块 |
| 半杯 啤酒 | 2 杯 植物油 | 少许 海盐 |

做法

1. 做面糊 将啤酒 面粉和冰块放入碗中 用大勺了搅拌 室温静置 直到冰块融化

2. 用面粉完整地把鱼片裹住 然后再裹一层面糊

3. 平底锅放入植物油 加热 将裹好面糊的鱼片放入锅内 炸 3 分钟

4. 捞出鱼片 用厨房纸沥去多余的油

5. 撒少许海盐

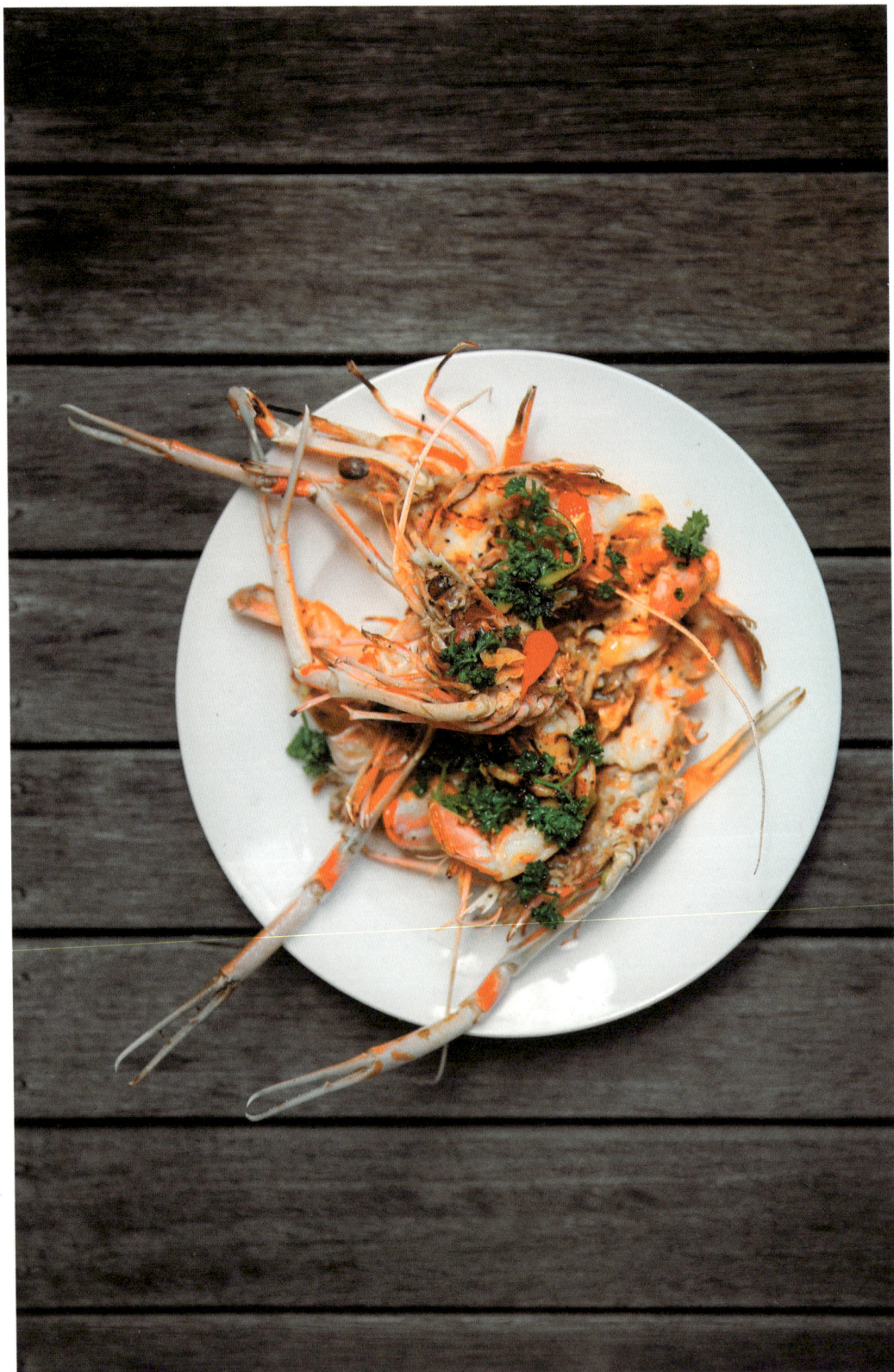

海螯虾

　　这个虾的做法也可以用来做各种虾 烙的时候 注意虾的切面朝下 而且不要反复拿起来确认 那样的话鲜美的口味 还有细嫩的口感都会流失 如果有新鲜的虾 其实不需要放太多作料来烹饪 我觉得那样很浪费食材

用料　　　　　　　　　　　　　　　　　　　　　2 人份

250 克 海螯虾	5 克 盐	适量 欧芹
10 毫升 橄榄油	5 克 黑胡椒粉	少许 柠檬汁或红酒醋

做法

1. 将新鲜的海螯虾洗净沥干 切开两半

2. 锅里放油 烧热后放入海螯虾 加入盐和黑胡椒粉 煎熟

3. 装盘 撒入欧芹 也可以根据自己的口味再加柠檬汁或红酒醋

炸八爪鱼

鱿鱼 乌贼 八爪鱼 乌鱼 墨鱼 这些经常让人弄不清 查了下 这个食谱里我们用的应该是八爪鱼 但是用以上列出的食材 应该也都能做 选八爪鱼的主要原因是 八爪鱼的爪子多 又细小 吃起来脆脆的 口感更好

上小学的时候 有一个阶段 每天放学以后 都会去学校门口吃炸串 裹了面粉的鱿鱼腿 还有里脊串 放到油锅里快速地炸过 刷上辣椒酱 和同学们一路上边走边吃 这道菜一定是比那个炸鱿鱼干净和高级很多 但是当初在学校门口吃到的炸鱿鱼的味道 却再也找不到了

用料   4 人份

600 克 新鲜八爪鱼	1 个 洋葱 切碎	半勺 盐
1/4 杯 玉米粉	1 勺 姜末	1 大勺 椒盐
少许 植物油	4 个 蒜瓣	（见 181 页椒盐做法）
2 勺 切碎的香菜	1 个 红辣椒 切细丝	1 个 柠檬

做法

1. 八爪鱼洗干净 用厨房纸擦干 切成细条

2. 切好的八爪鱼裹上玉米粉 下锅前 抖掉多余的玉米粉

3. 锅里倒油 油热后 放八爪鱼 炸 1 分钟后捞出 用厨房纸吸一下油

4. 热锅中放入 香菜 洋葱 姜末 红辣椒和蒜炒出香味

5. 把炸好的八爪鱼放回锅里一起炒 加盐和半勺椒盐 炒 30 秒

6. 出锅装盘 将剩余的红辣椒均匀撒开 按照需要挤少许柠檬汁

啤酒培根炒蛤蜊

这道菜是我们在一个南法小镇上吃到的 一家在海边的饭店 当时正落日
我们喝着香槟和啤酒 吃着淡菜（这里换成了蛤蜊 因为我觉得更鲜 可以让啤
酒更入味）因为不是旅游城市 所以街边都是当地人 大人们在喝酒聊天 小孩
们在踢球 小狗也追着球不厌其烦地跑来跑去 我们从日落吃到天黑 说了很多
有的没的的事情 都不是关于都市和工作的 那个晚上像一场梦

这里用了 1664 的白啤 它的口感很像葡萄酒 西餐里很多海鲜都是用白葡
萄酒烹制的 这里用白啤代替啤酒 因为蛤蜊本身也不是很奢侈的海鲜 食谱里
面还有培根 我觉得这里用白啤 可以解腻 又显得热闹 本身也是一道热闹和接
地气的菜 一边吃海鲜 还可以掰着面包 蘸着汤汁吃

用料   2 ～ 4 人份

120 克 培根 切丝	1 杯 1664 白啤酒	少许 黑胡椒粉
3 个 蒜瓣 切碎	少许 干辣椒	少许 盐
1 个 黄洋葱 切丝	少许 橄榄油	少许 干莳萝草
700 克 三门黑蛤蜊 盐水泡过洗净		

做法

1. 炒锅中火加热 放入培根丝煸炒半分钟

2. 加入大蒜 洋葱丝 炒出香气 洋葱变透明即可

3. 加入蛤蜊 大火翻炒 大部分开壳后 加入 1664 白啤酒

4. 改小火 加入盐 干辣椒 黑胡椒粉 干莳萝草 盖锅盖 焖 1 ～ 2 分钟

5. 装碗 淋上一些橄榄油

腌制三文鱼配菠菜

我喜欢吃菠菜 很大一个原因是因为《大力水手》 经常逛菜市场买菜 也不知道要吃什么菜的时候 都会想买点菠菜吧

一直以来 我都觉得中国做法的鱼是做得最好吃的 但在家的时候还是用西餐的方法做鱼比较多 盒马鲜生买的三文鱼 没有墨尔本市场里买到的那么新鲜 但至少比较方便 而且用腌制的方法来做 吃起来还是非常不错的 做的方法很简单 也很干净

用料   2 人份

三文鱼用料   ### 菠菜用料

2 勺 橄榄油	半勺 干莳萝草	200 克 菠菜
半勺 青芥辣	1 勺 威士忌	少许 淡酱油
1 勺 刺身酱油(或淡酱油)	200 克 三文鱼腩	少许 橄榄油
半勺 糖		少许 柠檬汁

做法

1. 将所有酱料混合 和三文鱼腩一起放入保鲜袋中 用手轻轻按摩三文鱼腩后放入冰箱腌制半小时

2. 烤箱预热 180 ℃ 用锡纸包住三文鱼 烤 10 分钟

3. 菠菜去根 洗净 放入热水中 40 秒烫熟 倒出热水 用冷水冲

4. 沥干菠菜 加入少许橄榄油 柠檬汁 淡酱油 (也可以用芝麻酱) 搅拌

5. 摆盘的时候 很多人喜欢把菜放在下面 肉放在上面 我不是很喜欢这样 首先会串味 其次 切的时候跑得到处都是 我喜欢放在左边和右边

好鱼好虾配柠檬洋葱

这道菜做起来挺麻烦的 但是如果你在靠海边的城市 或者买到了新鲜的
鱼虾 是非常适合挑战一下的

用料 2 人份

500 克 新鲜大虾	汤汁	柠檬蜂蜜洋葱
少许 盐	3 个 蒜瓣　少许 生姜	1 勺半 初榨橄榄油
少许 黑胡椒粉	1 勺 海盐　少许 香茅	5 个 小洋葱
400 克 鳕鱼块 切薄片	半杯 橄榄油　少许 欧芹	1 个 大的红洋葱
1 个 西红柿	1 大根 芹菜 切小段	半勺 海盐
少许 欧芹	1 根 胡萝卜 去皮 切片	2 勺 蜂蜜
	2 个 西红柿 切开	1 小勺 柠檬汁
	少许 白葡萄酒	

做法

1. 大虾去壳去肠线 把剥下来的虾头和虾壳留下（熬汤用）

2. 做汤汁 将蒜 生姜和盐放入石臼捣烂

3. 锅里放油 烧热后 放入刚刚捣好的蒜汁 芹菜 胡萝卜和香茅 炒 2 分钟

4. 放入西红柿 欧芹 虾头和虾壳 炒 1 分钟 加入少许白葡萄酒 炖 2 分钟

5. 酒精蒸发完后 加 1 杯水 不盖锅盖 继续炖 20 分钟后沥出汤汁待用

6. 做柠檬蜂蜜洋葱 锅里热油 加洋葱和盐 煎 2 分钟 加蜂蜜 关小火 慢炖 2 分
钟 再加柠檬汁 炖 10 分钟

7. 将虾用少许盐和黑胡椒粉腌一下 锅里热油 下大虾 煎熟

8. 将前面做好的汤汁放入小锅里加热 放入鳕鱼片 煮 3 分钟

9. 准备一个大碗 将切开的西红柿 铺在碗中 将鱼和大虾依次叠放

10. 浇上汤汁以及柠檬蜂蜜洋葱 撒少许欧芹 完成

塔斯马尼亚扇贝配薄荷

吃过最好的扇贝就在塔斯马尼亚 那时候我和 Hana 娥 卤猫住在荒芜的 农场半岛上 那里前一阵子有台风经过 第二天早上我们去海边的时候 捡了 三四十个 冲到海岸上的扇贝 超级 超级 超级新鲜 当时就随便烤一烤吃了

用料 4人份

12 个 海扇贝	2 勺 橄榄油	2 茶匙 碎薄荷叶
半勺 海盐	1 勺 红酒醋	适量 白胡椒粉

做法

1. 烤箱预热到 220℃

2. 将扇贝洗干净 打开 去单面壳

3. 将扇贝平铺在烤盘中 撒少许盐 橄榄油和白胡椒粉

4. 将扇贝放入烤箱 烤 4 分钟 一定不要烤过了

5. 淋少许醋和刚刚剩下的橄榄油 最后加上碎薄荷叶

摩洛哥橄榄柠檬炖鸡

去摩洛哥可以落地签了 去年 我和小鹅 高兴 还有卤猫一起去玩了十天

那段时间 吃得最多的 就是鸡肉塔吉锅了 这本书里有提到过 厨具方面我是能省则省 所以 也没有买塔吉锅 因为一想到 这道菜 一个月顶多做一次 但这个锅 一下子就要在家放几年 就放弃了

这道菜看着像一道很厉害的硬菜 其实挺简单的 我觉得所有能用烤箱完成的菜都不是很难 这里面加上的腌柠檬片 让整道菜变成了另外一个维度的好吃 充满异域风情

心想 圣罗兰①应该和他的朋友们 在满是仙人掌的花园里吃过这样的烤鸡吧

①圣罗兰：全名伊夫·圣·罗兰（圣罗兰品牌创始人）。

用料

3 ~ 4 人份

10 个 鸡腿棒	少许 孜然粉	2 个 大蒜
1 勺 盐	2 大勺 初榨橄榄油	少许 黑胡椒粉
1 大勺 红甜椒粉	1 颗 大洋葱 切丝	1 勺 刺山柑
1 小勺 肉桂粉	1 个 红椒 切块	10 片 腌柠檬（见
1 小勺 辣椒粉	1 大勺 姜黄粉	65 页腌柠檬做法）
少许 迷迭香（或者小香菜籽）	少许 葡萄干	

做法

1. 鸡腿加入盐 大蒜碎 红甜椒粉 肉桂粉 辣椒粉 迷迭香 黑胡椒粉 孜然粉和少许橄榄油 搅拌均匀 腌渍 10 分钟

2. 起锅 用橄榄油 煎一下洋葱和红椒

3. 将腌好的鸡腿肉放入锅中 一起翻炒 加入姜黄粉

4. 鸡肉断生后 加少许葡萄干 继续翻炒片刻

5. 将所有食材倒入烤盘 在上层铺满腌柠檬 放入少许刺山柑 加少许水 到鸡肉 2/3 高 放入烤箱 预热 200 ℃ 烤 20 分钟 即可

杏子鸭腿

在我看来 有一些食材 中国的烹饪方法做起来 总是比西餐做得好吃 比如 鱼 鸭子

国外的烹饪方法做出来的鸭肉 经常吃到的 都会比较干 而且有一股腥味 相对比较好吃的 就是那种低温油浸鸭腿 这道杏子鸭腿 非常中西结合 是我非 常喜欢的一道菜

用料   3 ～ 8 人份

1.5 千克 鸭腿	5 ～ 6 个 红杏 切半（也	6 个 八角
2 大勺 椒盐	可用血橙或橙子替代 以	少许 桂皮
（见 181 页椒盐做法）	增加适量酸的口感）	少许 青柠汁
1 杯 白糖	2/3 杯 鱼露	适量 植物油

做法

1. 将鸭腿洗净 均匀抹上椒盐 放入盘中盖好 放入冰箱 冷藏一夜

2. 将鸭腿放入蒸锅 蒸 30 分钟 取出后放入盘子中稍微凉一下 再放入冰箱

3. 做杏汁 在水中加白糖 将水煮沸 转小火继续煮 5 分钟后 加入鱼露 八角 桂 皮和青柠汁 最后加入红杏 1 分钟后关火

4. 将冷却的鸭腿 下油锅炸 2 ～ 3 分钟 至皮色焦黄 即可捞出

5. 将炸过的鸭腿用厨房纸吸去多余的油 放置在之前做好的杏汁上 就完成了

墨西哥辣酱小羊排

　　Jess 不喜欢吃羊肉 但我做的小羊排她可以吃 我也不太清楚为什么 她说我做的羊肉没有她不喜欢的那种味道 我觉得是我买的那家的羊肉比较新鲜墨尔本的小羊排都处理得特别干净 应该是法国的屠夫切法 可以一片片带着骨头 也可以是一整块骨头被剔得很干净 看着像钢琴一样

用料 2 人份

20 片 薄荷叶	250 克 法切羊排	1 勺 橄榄油
2 勺 橄榄油	20 片 薄荷叶	少许 盐
半勺 红糖	1 个 石榴	少许 胡椒粉
1 勺 墨西哥辣椒酱		

做法

1. 将薄荷叶 橄榄油 红糖 墨西哥辣椒酱混合后捣碎

2. 把羊排和混合物放入保鲜袋中 轻轻按摩羊排后 放入冰箱冷藏入味 1 小时

3. 烤箱预热 200 ℃ 将羊排放入烤箱 有肉的一面向上 180 ℃烤 10 分钟

4. 混合薄荷叶 石榴籽 橄榄油 加少许盐和胡椒粉 放到一旁做沙拉

5. 羊排从烤箱里取出后 搁置 90 秒 即可上桌

七七的锡纸烤鸡翅

　　七七是中国台湾女生 她来墨尔本留学之前 我们
一个共同的朋友 介绍我们认识 我们在墨尔本见面以
后就成为朋友了 七七是一个很妙的人 感觉她整日像
个仙子一样无忧无虑地生活 先是在墨尔本读了硕士学
位 又去英国读了博士 后来她回来墨尔本玩 租了一个
海边的小公寓 约 Jess Ming 还有我吃饭 在漂亮的小公
寓里 七七在挑高很高的厨房里做饭 窗外有一棵郁郁
葱葱的 长着肥大叶子的树 紧贴着窗户 长得像一幅画

　　她做了一个三文鱼汤 还有这个烤鸡翅 这个烤鸡
翅感觉是外国的口味和台北古早味的融合 尽管我觉得
她原先食谱里包了两层锡纸 吃起来有点麻烦 但真的
吃到以后 还是非常惊艳的 觉得这个菜很适合一些朋
友来做客时 当下酒小食 做的时候 可以叫朋友来帮忙
流水线作业 做起来也很热闹

用料

2 人份

400 克 鸡翅中	1 勺 辣椒粉	1 个 生姜
半个 柠檬	1 勺 蜂蜜	半个 洋葱 切碎
少许 黑胡椒粉	适量 橄榄油	适量 罗勒叶
2 个 大蒜 剁碎	1 勺 寿司酱油	少许 盐
1 勺 肉桂粉		

做法

1. 将鸡翅洗干净 划三道 与柠檬汁 黑胡椒粉 蒜末 肉桂粉 辣椒粉 蜂蜜 橄榄油 寿司酱油一起放入保鲜袋中 轻轻按摩鸡翅后 放入冰箱 冷藏腌制 2 个小时

2. 铺两层锡纸 生姜切大片垫底 放上洋葱碎 淋橄榄油 撒黑胡椒粉和盐 放 1 块鸡翅 放上罗勒叶 不要包太紧

3. 将每块鸡翅 按照上面的方法包好后放入平底锅 开小火 盖锅盖 每 5 分钟翻个面 大概 15 ~ 20 分钟 即可

4. 七七说 烤的时候 可以用粤语念个咒语 "鸡包纸 纸包鸡 包纸包鸡 包鸡包纸"

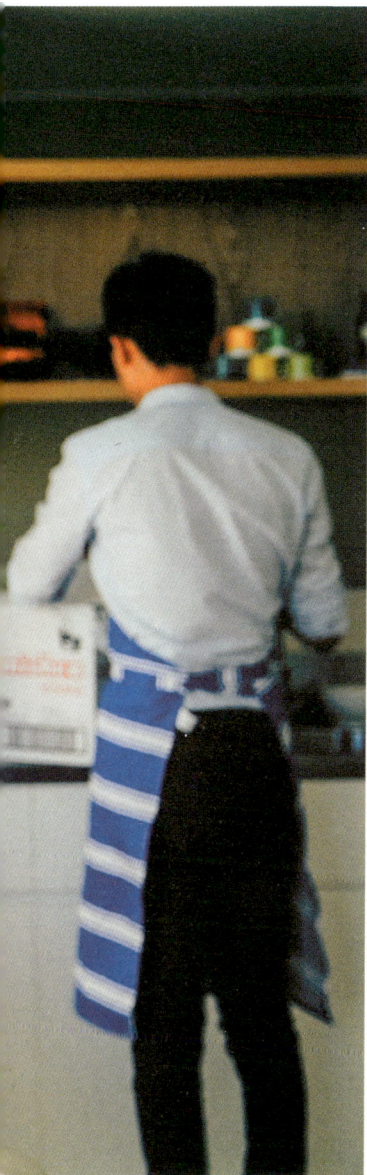

炖牛尾骨配烤西红柿

　　这是一道用 红汁炖肉的菜 我很喜欢用红汁炖便宜的肉 市场里能买到非常好的草饲牛肉 如果买眼肉 或者其他可以做牛排的部分就很贵 同一头好牛 牛尾骨 牛腱子肉 就相对便宜很多 这些感觉没有什么滋味的肉 非常适合长时间炖 卤汁的味道慢慢地浸入到肉里 冰糖的味道 绍兴酒的味道 芝麻油的味道 大料的味道……丰富了牛肉的滋味

　　配烤西红柿也是点睛之笔 牛肉 米饭 西红柿是非常完美的搭配

用料   4 ~ 6 人份

1000 克 牛尾骨   半杯 初榨橄榄油   少许 黑胡椒粉

1 份 红汁 (见 191 页红汁做法)   少许 龙蒿草   1 勺 红酒醋

3 个 大蒜   少许 盐

4 个 中等大小西红柿

做法

1. 牛尾骨冷水煮开 改小火继续煮 5 分钟 用汤勺去沫 倒掉有血沫的水 并将牛尾骨用清水洗净

2. 锅内倒入红汁 放牛尾骨 红汁需完全盖过牛尾骨 大火煮沸后改小火 再煮2 ~ 3 小时 直到肉软烂

3. 将大蒜 对半切 放入烤盘 淋上橄榄油 盖上箔纸

4. 将西红柿开十字花 放入烤盘 淋上橄榄油 撒上龙蒿草 盐 黑胡椒粉 和大蒜一起放入烤箱 预热 150 ℃ 烤一个半小时 直到西红柿软塌

5. 等大蒜凉了 剥出大蒜瓣和红汁拌在一起

6. 将西红柿连同烤出的汁水一起倒进小碗里 加入红酒醋

7. 牛尾骨取出 西红柿和蒜分开装 一起就饭吃

不需要烤箱的牛排

做牛排跟做西红柿炒鸡蛋一样 大家都会做 也经常吃 但是做得好却不容易 我做牛排的方法一直在变 现在用得最多的方法是 拍电影《陪安东尼度过漫长岁月》时学来的 电影开拍前 剧组给主演刘畅找了专业的老师来我家上课 教他怎么拿刀 切东西 教他做牛排的时候我也在 国外公寓里的抽油烟机都不怎么给力 老师用小勺一次次地将黄油浇在牛排上的时候 弄得家里都是油烟 不得不把窗户都打开 不过那个动作很专业的样子 煎出来的牛排也非常好吃 后来我就经常用那个方法做牛排

用料

1 人份

200 克 眼肉牛排   少许 橄榄油   少许 百里香

少许 盐   30 克 黄油   少许 迷迭香

少许 黑胡椒粉

做法

1. 将牛排用厨房纸按压 确保吸走表面的水分（如果牛排是从冰箱冷冻层拿出来的 放置室温 再用纸吸走水分）

2. 牛排两面分别撒上盐和黑胡椒粉 拍一拍

3. 取一个平底煎锅 开火 倒入一点橄榄油 晃动几下锅 使油分布均匀

4. 放入牛排 煎到底面略焦黄 切一小块黄油 放进去 同时放入少许百里香和迷迭香

5. 随时观察锅底 如果觉得十了 再放一点黄油

6. 牛排底部煎到棕黄色时翻面 同时可以用小勺子 不断地舀锅里的热油 淋到牛排表面

7. 煎到两面都是深棕色后 就可以出锅了 静置 5 分钟 切开 再撒一点点盐 就可以食用了

8. 我的经验是 如果你想吃五分熟 煎到四分熟就要拿出来 如果想吃七分熟 五分熟的时候就要拿出来 不要在锅里煎到你想要的那个熟度 因为从锅里取出后 肉还会继续变熟

蓝莓草莓黑加仑果酱

　　夏天在墨尔本的时候 因为我懒得做早饭 所以每天早上起来都只喝一杯水 然后吃一罐水果味的酸奶 有一天小托看到了 他说 其实你吃的这个酸奶也不是很健康 里面有很多糖 还有添加剂 我给你推荐一个牌子的酸奶 蓝色盖子的 纯天然 一点糖都没有放 那才是纯正的酸奶

　　我是个行动派 第二天立刻去超市买了十罐那个酸奶价格比普通酸奶要高 我心想 不愧是真正的酸奶啊 回家一吃 其实它有点像豆腐脑 又比豆腐脑密度大一些 比酸奶更凝固一些 健康倒是健康 但是口感不好 非常酸 后来我每天早上就挖一勺蜂蜜拌着吃 好吃倒是好吃了 但是还是有些单调 直到我们去草莓农场摘了蓝莓 做成果酱以后我才发现 天然酸奶和自制果酱真的是无比搭配 又好看又好吃 早上来一碗 觉得这一天都会好起来 当然这里也放了糖 在自己做饭的过程里放的糖和油 我都不是太在意会觉得只要是我自己放进去的 我就能把它消化掉

用料

一罐

150 克糖 （很多食谱用的糖会是这个的两倍 因为我喜欢吃酸一点的 就少放了 ）

3 克 低糖果胶粉

850 克 新鲜野生蓝莓 （其实如果有黑加仑或者草莓也可以加进去 黑加仑会带来特殊的"昂贵"口感 放草莓的话 吃起来就比较顺滑一些 比较平易近人 把水果放到一起捣碎）

1 个 柠檬

做法

1. 先把玻璃罐子在热水里煮过 高温消毒

2. 将糖和果胶粉混合 同时在一个小煮锅里放上捣碎的水果 柠檬汁 用慢火烧开 翻滚以后关火 慢慢少量 一点点地加糖和果胶粉的混合物 一边加一边用木勺子搅拌大概 1 分钟 确保混合均匀 然后再开小火 煮到翻滚就可以了

3. 把果酱倒入沥干的玻璃罐子里 封口 然后放回沸水里 注意沸水要淹没瓶盖 煮差不多 10 分钟 再拿出来 冷却后就会发现 那个罐子和超市里买的一样 中间已经按不下去了 说明已经密封好了 这种密封好的果酱在冰箱里可以放好几个月 （打开后还是要在一两周内吃光）

4. 早上的时候 把自己做的果酱淋在无糖酸奶上 早餐 2 分钟搞定

非常健康的布朗尼

最好吃的布朗尼 是在保龄球馆工作的时候吃到的 那时候 我们有个马来西亚的甜点厨师 他性格很好 平时也很喜欢打趣 整天笑呵呵的 做甜点的时候让人感觉很得心应手

他做的布朗尼 外面很脆 里面黏黏的 很像是蛋糕和饼干的综合 里面夹杂着大块核桃仁 感觉解馋又垫饱

我自己不喜欢做甜点 觉得量来量去很难 而且经常弄错 对我来说 甜点就是化学 我高中的时候化学就非常差 而且做甜点 要严格遵循菜谱 我做菜的时候 基本看一眼菜谱 想怎么做就怎么做了 这也是为什么这本食谱里 甜点很少

这个布朗尼很简单 也不用烘烤 我觉得没有传统布朗尼那么好吃 但可以成为一个很好的替代品

用料   6 人份

| 2 大杯 生核桃 | 6 勺 可可粉 | 少许 盐 |
| 6 个 柿饼 | 半勺 肉桂粉 | 少许 苦艾酒 |

做法

1. 将买米的生核桃剥开 取山核桃仁打碎 打到核桃仁松松酥酥即可 不用太细
2. 将柿饼切成小块 放入刚刚打好的核桃碎中 加入可可粉 肉桂粉 盐和苦艾酒搅拌在一起
3. 拿一个空的方形模具 放入烘焙纸 放入搅拌好的生料 压平
4. 放入冰箱 冷藏一晚上 成形后 取出切块 就好了

烤苹果

　　每次做烤苹果的时候 我都能想到圣诞节 可能是因为 苹果烘烤的味道和酒香勾起的回忆 可以在厨具店买到专门挖水果核的工具 不过我这个人很怕厨房东西多 觉得清扫和储纳都很麻烦 所以我都是用勺子自己挖的

　　烤盘里放一些水会有一些蒸的效果 让整个烤苹果不会特别干 而且也相对容易清洁

　　苹果是非常好的水果 不过建议大家不要喝苹果汁 因为糖分太高了 一天吃一个就好

用料　　　　　　　　　　　　　　　　　　　4 人份

65 克 红糖	少许 苦艾酒	4 个 大苹果
0.5 克 豆蔻粉	80 克 燕麦片	1 小块 黄油
1 克 肉桂粉	40 克 核桃仁	少许 苹果醋

做法

1. 准备馅料 将燕麦片 红糖 核桃仁 豆蔻粉 肉桂粉和苦艾酒搅拌在一起

2. 苹果洗净 用勺子挖出一个洞 挖出苹果肉和核 深度大约到底 但不能穿破苹果 用来填馅料

3. 把馅料用勺子填进苹果中 最后在每个苹果上放一片黄油

4. 把苹果放在烤盘里 烤盘里倒入少量水 大约 1 厘米深 防止苹果太干 可以再加一点苹果醋

5. 放入烤箱 预热 180 ℃ 烤 50 分钟

东

主食
Main Food

小菜
Small Dish

大菜
Big Dish

好吃的北方米饭

我很喜欢吃米饭 经常出去吃饭 菜还没上 只要米饭上桌了 我就可以自顾自地 什么都不加地吃起来 我不清楚 是不是因为我是东北人的关系 我喜欢那种短短的 饱满 又糯糯的大米 不是很喜欢吃那种细长 又一粒一粒的大米 觉得口感很奇怪 又没有味道

如果拌饭 这种短的大米就会和菜汁 非常融洽地混合在一起 在口中形成一种和谐的美味 好像是一场般配的婚姻

刚出国的时候 我连电饭锅都不会用 我做米饭的技术 是后期在 Longrain 和寿司工厂专门负责做米饭时 一点点开始长进的

现在食谱上的这个做法 是一个在澳洲的韩国厨师教我的 其实我觉得很有道理 加醋可以让大米更软更白 香油和盐让米饭有了滋味 像上面说的 如果米饭和菜是一场般配的婚姻 那这种略微调味过的米饭 算是更让它们门当户对了

用料   4 人份

适量 北方大米	1 勺 白醋
1 勺 香油	半勺 盐

做法

1. 小水流洗净北方大米 同时轻晃电饭煲容器 没过大米两指的时候把水倒掉 反复洗米 2 ~ 3 次 不要用手搓

2. 加入 1 勺香油 1 勺白醋 半勺盐

3. 加清水 指尖碰触大米的时候 水面在第一个指关节的 3/4 处

4. 饭煮好后 用饭勺搅拌 让空气进去 米饭的口感会更好

东北的三鲜馄饨

在东北 别人家我不是很清楚 但在我家 包馄饨 饺子 包子是很容易的事情 我妈妈觉得包饺子比炒一个热菜更简单 包子 饺子 馄饨 这里面我最喜欢吃的是包子 牛肉洋葱馅儿的包子是我的最爱 饺子的话我喜欢酸菜或者三鲜馅儿的 我妈包过最好吃的饺子是海肠韭菜和五花肉馅儿的 但是海肠很难弄到新鲜的 我爸妈现在住的农村有海和打鱼的 每次听说有收获新鲜海肠 我妈就会开车去买 然后回来包饺子 我和我表弟每人都能吃二三十个

我们家包饺子 都是流水线作业 我负责擀皮 因为只做一件事 这么多年 已经熟练到可以一只手擀皮 一只手转面饼的操作 但是我一直不知道怎么和面 也不会包 所以我一个人的时候 从来没有包过饺子

馄饨是另外一回事 小时候我妈教我包馄饨 我一下子就学会了 即使在墨尔本也很容易买到馄饨皮 所以每次我想吃包子 饺子的时候 就会退而求其次 包一次馄饨

有一次在家包了馄饨 放到冷冻柜里 小优热了些来吃 放了老干妈 陈醋和海苔 特别可口 因为老干妈不单单辣 还很香 和海苔一起 口感也更丰富了

用料

1 人份

1 把 韭菜	1 个 鸡蛋	适量 盐
适量 植物油	10 个 虾仁	

做法

1. 韭菜洗干净 控干水 切碎备用

2. 锅烧热后倒入植物油 烧热关火马上打入 1 个鸡蛋（一个人的量）用筷子将鸡蛋搅成絮状 冷却后把韭菜倒入锅中 倒入适量熟油 用筷子搅拌均匀 放入适量的盐调匀后盛入碗中

3. 把切成小块的虾仁放入调好的馅料一侧 包馄饨时每个馄饨放一块虾仁 这样吃起来味道更纯正

鸡肉炒车仔面

这个炒面 那谁做的比我做的好吃 我也不知道为什么 一个北欧人做中国炒面为什么这么好吃 所以我开始叫他西北人

我觉得因为他非常严格地遵循食谱的步骤和比例 就算已经做过十多次了 每次做之前 还是第一时间翻出食谱 而我仗着自己是中国人 觉得可以轻松驾驭炒面 每次都凭着感觉做 所以做出来的效果 非常参差不齐

这个炒面平时我都用车仔面做 因为够筋道 每次买一小包车仔面 加上鸡肉 蔬菜 两个人吃正好 我不太清楚 车仔面是否健康 一直怀疑为什么这个面条可以有这么久的保质期 但也会安慰自己 在家做 总比吃外卖健康多了

这个炒面很好吃 我差不多每周都要吃两三次 如果不想吃肉 可以直接把鸡肉去掉 也非常好吃

157

用料 2 ~ 3 人份

少许 黑木耳（也可以用花菇）	2 个 蒜瓣	1 勺 蚝汁
180 克 车仔面	150 克 鸡胸肉	少许 芝麻油
5 克 花生油	少许 生姜	少许 糖
少许 盐	1 个 小洋葱	1 勺 白醋
150 克 青菜	1/4 杯绍兴酒	少许 酱油

做法

1. 将木耳泡卅 鸡胸肉切薄片 备用

2. 将车仔面用加了盐的沸水浸大约 4 分钟 沥水后用锡箔纸包住保温

3. 起炒锅 加花生油 油里放少许盐 然后放青菜大约炒 30 秒 加入蒜瓣继续炒大约 1 分钟 即可出锅

4. 锅洗净后 放少许油 放入鸡胸肉 翻炒 2 分钟 放入泡开的黑木耳 姜丝 洋葱丝 绍兴酒 蚝汁 糖 芝麻油 白醋和酱油 继续翻炒

5. 将之前炒好的青菜下锅 再翻炒 30 秒

6. 将车仔面摆入盘中 鸡肉和蔬菜摆在车仔面上

剩菜剩饭做的炒饭

　　最好吃的炒饭是用剩菜剩饭做的 再加上冰箱里现有的食材 怎么做都不会让人失望 火腿 培根这些适合炒饭的食材可以常备 可以分装以后放在冷冻柜里

　　要想炒饭好吃 有一个窍门 就是要放姜丝 不要在开始把油烧热的时候放 要最后放 出锅之前的 1 分钟放就行 吃起来会觉得很健康

　　我一直觉得吃炒饭 特别适合配冷牛奶

用料   2 人份

适量 隔夜冷饭	2 个 鸡蛋	少许 姜
适量 冰箱里的任意剩菜	少许 葱	少许 植物油
（肉菜或蔬菜 都可以）	1 个 蒜瓣	少许 香油
1 把 火腿碎		

做法

1. 热油锅 打入 1 个鸡蛋 用筷子快速搅成絮状后盛出来

2. 锅里倒入一点点香油 放蒜末和葱末 改小火 加入火腿碎

3. 如果剩菜是比较干的 就先炒饭 饭炒到粒粒分明 再加剩菜一起炒

4. 如果剩菜是带汤汁的 就先炒剩菜 再加入饭一起炒

5. 出锅前 1 分钟加入一点姜丝提味

西红柿炒鸡蛋

西红柿炒鸡蛋是我非常喜欢的一道菜 它基本上是我永远都会想吃的菜的第一名 中国各个地方的做法也不一样 有些地方要放糖 有些地方放辣椒 有些地方要放葱 有些地方要放蒜

我现在的这个做法是从我妈妈的做法里调整出来的 我觉得过去几年里我经常做西红柿炒蛋不成功的一个原因是 我只喜欢吃蛋 所以每次备料 都放很多蛋 但西红柿放得很少 这是不对的 应该每一个鸡蛋都有一个西红柿才对

用料 2 人份

3 个 西红柿	少许 盐	适量 花生油
3 个 鸡蛋	少许 糖	1 个 蒜瓣 切片
2 根 葱	少许 生抽	

做法

1. 西红柿去蒂 2 个西红柿切碎 另外 1 个西红柿切大块

2. 葱白连同 1/3 的葱叶 切 2 厘米段 剩下的葱叶切碎

3. 打 3 个鸡蛋 放点盐 稍微打散

4. 开火 烧锅 放花生油 等油热倒入鸡蛋 等鸡蛋略微凝固的时候 盛出来

5. 小火热油 放入葱段 蒜片煸香 倒入切碎的西红柿 加一点生抽 盐 糖 炒至有西红柿酱的感觉

6. 放入鸡蛋打散 让鸡蛋吸入西红柿汤汁的味道 倒入大块的西红柿 略翻炒 最后放上葱花即可

煎单面太阳蛋

我是在我妈教书的学校里上的小学 我爸那时候常年在外出差 我妈工作了一天 带着我回到家里 已经非常累了 但每天还是会认认真真地做晚饭 一般一回到家 我就会吵着饿 这时候 我妈都会说 那我先煎个鸡蛋给你吃吧 于是一个简单的煎蛋 加上几滴酱油 就成了我的零食

我不喜欢吃全熟的煎蛋 但是又不想看到蛋黄 所以煎完一面 总想翻过去煎一下另外一面 不过翻得太早 很容易把蛋黄弄破 翻得太晚 口感又不好了 这个时间很难拿捏 后来我发现 在煎蛋的时候 往锅里滴几滴醋 然后把锅盖盖上 蛋白就会很快变熟 把蛋黄包裹起来 根本不用翻鸡蛋了

用料   1 人份

2 个 鸡蛋	少许 黑胡椒粉	少许 醋
少许 植物油 / 豆油	少许 盐	少许 酱油

做法

1. 锅里倒油 大火热锅 打 2 个鸡蛋

2. 转中火 撒上黑胡椒粉和盐 再倒一点醋 不用翻面 盖上锅盖 焖一小会儿

3. 将鸡蛋盛盘 滴几滴酱油 即可

麻油海带拌芽菜

我很喜欢吃海苔 家里一买就买很多 不论是当零食直接吃 还是配米饭 煮鸡蛋一起吃都很合适 小袋的独立包装 我每次都能吃三四个

我没有很喜欢海带 觉得口感怪怪的 又没有海苔那么鲜 但家里还是常备干海带 因为海带的营养非常丰富 既可以瘦身 也可以美容美发 每次我都只做一点点 一努力就能吃掉的分量

泡海带的时间不宜过久 一两个小时就好了 泡太久营养物质会流失

家里常备海带和豆腐 做味噌汤也很方便 家里做的味噌汤比饭店里的好喝太多

用料   2 人份

| 5 克 干海带芽 | 少许 红椒 | 1/4 勺 米醋或柠檬汁 |
| 50 克 芽苗菜 | 1 勺 酱油 | 少量 麻油 |

做法

1. 将泡开洗净的海带芽 切好的红椒丝和芽苗菜均匀混合

2. 倒入酱油 米醋和麻油 调味 即可

越式酸甜萝卜

我姨夫很喜欢吃咸菜 应该说 老姨他们一家都很喜欢吃咸菜 我们家人吃得比较少 我们家人出了名地喜欢喝粥 早饭 午饭和晚饭都可以喝粥 而不吃米饭 不过粥和咸菜很搭 我妈也偶尔腌咸菜

我妈腌咸菜 主要做的是腌青萝卜 她会把长长的萝卜切成螺旋形状腌制 我记得需要蒸 里面还要放油 腌制出来以后是棕色的 软软的 我妈每次吃蒸腌青萝卜的时候 都特别开心 说感觉像是在吃肉 我觉得有点夸张了

新鲜的萝卜还是挺好吃的 我觉得比胡萝卜好吃 唯一的缺点就是 吃多了爱放屁 但据说是因为通气了 通气有什么好处呢 我也不太清楚 不过 听起来挺厉害的

用料

2 ~ 3 人份

1 根 白萝卜	5 勺 海盐	6 勺 糖
1 根 青萝卜	1 根 青葱	半杯 米醋

做法

1. 白萝卜 青萝卜去皮 切成长条状 撒上海盐 用手抓匀后 静置 15 分钟

2. 将出水的萝卜条 用水略冲洗一下 沥干水分 放入葱花 搅拌一下

3. 在小锅里倒入糖和醋 边加热边搅拌 直到糖完全溶化

4. 将萝卜条放入一个干净的玻璃瓶中 倒入糖醋水 至淹过食材 室温静置 2 小时 就可以了

5. 没吃完的萝卜条 可以放入冰箱冷藏 保鲜一个月没有问题

炸鸡蛋

昨天看了一下 这本菜谱里 有很多关于鸡蛋的菜 可能我太喜欢吃鸡蛋了 很多吃素食的人 是可以吃鸡蛋和奶的 所以偶尔我会觉得 我也可以做一个素食者 因为平时也没有吃很多肉 但有一些严格的素食者是不吃蛋奶的 连蜂蜜都不吃

有一次我在塔斯马尼亚旅行 在 Airbnb（租房软件）上找了一个农场上的小帐篷过夜 农场主是一对年轻夫妻 有一点嬉皮 非常可爱 都是那种严格的素食者 农场上有狗 有羊 有鸡 晚上睡觉的时候我就在想 明天早上应该有好吃的鸡蛋吃 因为那些鸡都是散养的 而且非常快乐的样子 结果到了早上 发现吃的都是水果 然后女主人和她老公说 今天家里的鸡又下蛋了 没办法 只好把鸡蛋喂狗吃了 我不好意思说 我也想吃鸡蛋 只是默默地啃着绿苹果 后来每次想到这件事 我都有点不解 如果自己不吃 为什么可以拿去喂狗呢 这个食物 不还是在他们的作为下消耗了吗

用料 2 人份

3 个 鸡蛋	2 根 细葱 切小段	1 勺 蚝油
1 杯半 植物油	1 个 红尖椒 切碎	

做法

1. 将鸡蛋打入碗中备用

2. 有一定深度的炒锅 加油 油的深度 至少 1 厘米 油烧热后 将鸡蛋倒入油锅

3. 炸大约 2 分钟 同时不停地舀锅里的热油 浇到鸡蛋表面

4. 改小火 等鸡蛋底部变硬变脆 这个时候 蛋黄应该还没有凝固

5. 将鸡蛋盛出 放在吸油纸上 吸走多余的油 再放进一个碟子里 浇一点点蚝油 撒上葱末和红尖椒末 就可以了

醋腌紫洋葱

紫洋葱腌制出来 是不是很美 每次看到这个颜色 我都觉得很下饭

腌制洋葱不需要特别久 太久了 就没有那种脆脆的口感了 紫洋葱快速地腌制过 就没有洋葱那种刺鼻的味道了 所以 即使是午饭吃也不用担心

这个腌洋葱也很适合和热狗 牛排 还有烤鱼一起吃

用料
2 ~ 3 人份

1 个 大紫洋葱	半勺 孜然	4 片 香叶
半勺 海盐	1/4 勺 茴香籽	适量 苹果醋
3/4 勺 糖	半勺 黑胡椒粒	

做法

1. 洋葱切丝 加盐 用手抓匀 腌 10 分钟

2. 取一个小碗 放入糖 孜然 茴香籽 黑胡椒粒和香叶 搅拌均匀 倒入腌好的洋葱里

3. 再将以上倒入一个容器中 倒入苹果醋

4. 用筷子稍微搅拌一下 盖上瓶盖 晃一晃 放入冰箱 一天后可以食用

简单鲜美的鸡肉蒸蘑菇

我很少做蒸的菜 记得刚来上海那一年 因为家里没有蒸锅 秋天有朋友送大闸蟹愣是没有办法做 最后把深一点的盘子 翻过来扣在炒锅里 加了水 盖上盖子蒸的

后来也是为了吃大闸蟹 买了一个很好看的蒸锅以后 才开始慢慢做蒸的菜

我经常一个人在家的时候吃这道鸡肉蒸蘑菇 因为很容易做 也不用洗太多碗 只要把酱料调配好 放到锅里 十几分钟就做好了 配上一碗米饭 是一顿吃得很舒服又有营养的晚餐 这里的蘑菇也可以替代成别的 比如冬瓜 青菜 南瓜 但是吃下来还是蘑菇最好吃 因为鸡肉腌制以后很鲜美滑嫩 蘑菇也是一样 两样食材 相得益彰

用料 2 人份

300 克 走地鸡鸡胸肉	2 勺 料酒	200 克 蟹味菇
4 片 姜片	少许 盐	1 勺 花生油
1 勺 淀粉	1 勺 白糖	1 把 小葱 切小段
2 勺 淡酱油(刺身酱油也行)	少许 白胡椒粉	1 个 红辣椒 去籽 切碎

做法

1.鸡胸肉切小块 加入 姜片 淀粉 淡酱油 料酒 盐 白糖 白胡椒粉 放入冰箱冷藏 腌制 15 分钟

2.蟹味菇剪下来 用花生油和盐拌一下

3.将蟹味菇装盘 然后把腌好的鸡肉 放到蟹味菇上面 放入蒸锅 大火蒸 15 分钟

4.出锅 撒上葱段和红辣椒碎

拌韩国泡菜

我之前不是很喜欢韩国菜 觉得不是那种清汤寡水的汤 就是被韩国辣酱腌过的蔬菜和烤肉 味道非常单调 特别喜欢吃日本菜 觉得日本的什么东西都特别好吃 就连快餐店的汉堡 都让我很迷恋

可是随着年龄的增长 对食物的期待和认知也有了变化 很多日本酱料里对鲜的把握 近乎完美 但我现在对那种滋味越来越麻木了 感觉好像是一个精致得体的人 看着完美无瑕 交谈几句 发现你说的他都能接住 但很无聊 聊不下去

韩国泡菜恰恰相反 好像也没有急于讨好 辣辣酸酸的口感里带着一点点的咸和甜 好像是一个看起来很冲的人 但接触下来 才能领略到 点点滴滴的温柔滋味 即使接触久了 也不会觉得黏腻 我觉得泡菜是这样的好朋友

这个拌泡菜的腌制方法是我去韩国朋友 Jaeyon 家做客的时候学到的 我觉得它把即食泡菜的便宜味去掉了 让人吃不够 屡试不爽

用料   2 人份

| 200 克 韩国泡菜 | 1 勺 芝麻油 | 1 勺 白糖 |

做法

1. 取适量泡菜 加入少量芝麻油和糖 搅拌即可

炒蚕蛹

如果说 有一道菜只能在老家吃到 那估计就是炒蚕蛹了 我做这道菜的时候 小茫和 Harry 都在 做好了之后 他俩都没吃 Harry 勉强咬了一口 表现得很挣扎

食物这个东西真的很奇妙 即使是很小众的食材 如果是你从小就开始吃的东西 长大了也不会奇怪 但如果不是大众经常见到的食物 忽然拿出来 大部分人是很抵触的

比如 Harry 说 南京有个小吃叫毛蛋 是受精过的鸡蛋 已经孵化出小鸡的雏形时被煮来吃的 这种东西 我想想都觉得很可怕 但 Harry 说非常好吃 我说那那个毛怎么办 他说 拔掉就好

我想 看到我吃虫子 他可能也是同样的心理活动吧

在东北 蚕蛹有自己的季节 具体什么时候我也记不清了 应该是天冷的时候 买蚕蛹的时候一定要选新鲜的 用手摸过去 这些蚕蛹应该是活蹦乱跳的才好 还有一个鉴别方法 是看比较圆润的一端 有一个筷子头大小的 半透明圆点 蚕蛹新鲜的话 那个圆点应该是乳白色的 如果变成深色 就是已经坏掉了

用料 2 人份

250 克 蚕蛹	少许 盐	少许 白糖
1 根 葱	少许 料酒	少许 油
少许 姜		

做法

1. 把蚕蛹清洗干净 煮一锅水 水开后 把蚕蛹焯一下

2. 锅内热油 加葱段 姜片煸香 放入蚕蛹翻炒 加入少许料酒 白糖和盐 炒 1 分钟 即可出锅

椒盐

椒盐不是一道菜 是一个蘸料 一般都是来很多朋友的时候 我才做这个 因为花椒碾碎以后 如果不立刻吃掉的话 放一天就没那么干爽了 味道也会差很多

椒盐很适合与炸鱿鱼 炸鱼和薯条搭配 也适合搭配炖的肉 甚至可以用来做沙拉的作料

这个可以提前做好 等客人到了的时候 放到桌上 大家吃饭的时候 自己撒上 又有参与感又热闹

用料

1 勺 花椒粒   3 勺 海盐

做法

1. 准备一个厚底铁锅 将花椒粒和海盐放入其中翻炒

2. 炒到花椒粒裂开 关火冷却

3. 用石臼和杵 将花椒和盐 捣碎即可

烤苹果干

小的时候在大连 冬天非常冷 最冷的时候有零下 20 多摄氏度 晚上睡觉之前 会做两件事 一件是把秋衣秋裤翻过来 放在暖气上 第二天早起的时候 能在被子里套上热乎乎的衣服和裤子的那种幸福感 现在还能记得 做的另外一件事 就是睡觉之前 会把苹果切成片 放在暖气上烤 早上起来会变成 苹果 "薯片" 有的时候苹果干会掉到暖气片后面 有的时候会掉到两个叶片里面 沾上很多灰 但小时候的我一点也不在乎 吹一吹 照样吃

苹果干是非常健康的小零食 现在偶尔觉得馋了 还是会用烤箱烤来吃

用料 2 人份

2 个 苹果 半个 柠檬 少许 白醋

少许 盐

做法

1. 将苹果洗干净 对半切 去掉籽 再切成 3 毫米的薄片 放入加了盐和柠檬汁的水里

2. 烤盘铺上烘焙纸 将苹果片 不重叠地铺在烤盘中 烤箱预热 120 ℃ 烤一个半小时 中途翻面一次

3. 取出烤盘 冷却 5 分钟 就可以享用了

中国肉饼

其实我做中国菜不好吃 至少我觉得不好吃 我很喜欢我妈做的菜 比如芸豆炖排骨 炖刀鱼 地三鲜 也不是多精致 但是吃起来有滋有味 经常是上桌以后先吃菜 品出了口味再开始蘸蒜酱吃肉 吃得差不多了 剩下的半碗饭就可以泡汤吃 几年锻炼下来我还是不会包饺子 但是我做最爱吃的西红柿炒鸡蛋已经基本趋近于我妈的水平了

还有一道菜是我很喜欢吃也很喜欢做的 就是肉饼 觉得简单也下饭 不过尽管这道菜好吃 但是卖相不好 有点拿不出手 只是馋了的时候自己做来吃 在这里和大家分享一下 用电饭煲就能做 这也是 我们公司 Harry Jess 和我一起做得最成功的一道菜

用料   2 ~ 3 人份

400 克 猪肉 （用猪肩膀肉比较香 肥瘦也合适）	1 勺 玉米淀粉	少许 酱油
	1 个 鸡蛋	少许 香油
少许 盐	150 克 罐头装腌黄瓜 切小丁	
少许 黑胡椒粉	3 勺 罐头装腌黄瓜的汁	

做法

1. 把猪肉切碎 和盐 黑胡椒粉 玉米淀粉搅拌均匀 买猪肉馅儿也行 只是那样的话我觉得做好了以后的口感不够紧实

2. 把所有的料混合 和黄瓜丁拌一起 放到盘子上摊平 放置在蒸锅里

3. 蒸锅水烧开以后 过 5 分钟可以关火 也可以直接放到电饭锅蒸屉上铺开 下面可以煮饭 这样做的时候 油汁就会落到底下的饭里 非常好吃

红汁炖牛肉配茶叶蛋

小时候上学放学的路上 在公交车站旁 有一个卖茶叶蛋的老奶奶 我妈有时候会买茶叶蛋给我吃 比较完整的茶叶蛋 没有什么滋味 但敲太碎的又会担心不卫生

盒马鲜生的肉还不错 但想买更好的肉的时候 我都会去 Swiss Butchery（卖进口肉的店）买得久了 我加了他们经理 Cindy 的微信 经常会告诉她 我想做什么菜 她也会推荐合适的肉给我 特别方便

用料

6 人份

6 个 煮熟的鸡蛋

1 份 红汁（见 191 页红汁做法）

1500 克 牛肉 切 5 厘米厚

适量 椒盐（见 181 页椒盐做法）

1 根 萝卜

做法

1. 将煮好的鸡蛋壳敲碎 但不剥开壳

2. 等红汁沸腾 将鸡蛋 牛肉和切块的萝卜 放入红汁中 完全淹没

3. 盖上盖煮 1 小时 40 分钟 或者看牛肉煮到酥烂 煮的时候用长勺子时时搅动

4. 关火 用食钳把牛肉和鸡蛋夹出来 剥鸡蛋壳

5. 将牛肉和鸡蛋 在盘内摆好 浇上少许热的红汁 最后撒上一点椒盐 就完成了

五花肉炖酸菜

　　小的时候 每到冬天 就会有一卡车一卡车的白菜送到我们大院里 家家户户都会买上几十棵 留着冬天吃 很多人家都会把白菜 整整齐齐地码放在走廊里 用报纸或者塑料布盖上 上个楼到处都能看到白菜

　　我记得我妈也腌过几次酸菜 有的年头就很成功 有的年头会臭掉 臭掉也无所谓 总是会有亲戚邻居送 所以现在想想 每年都有酸菜吃

　　上大学的时候 辽宁大学的食堂有个小饭店叫桃李园 里面有各种煲 我吃得最多的应该就是 五花肉酸菜煲 一吃吃了一两年 也没有觉得腻

　　前几天爸妈来看我 问要给我带什么 我说上海都有 你们来就好 结果一进门就闻到一股酸味 我把他们的包接过来 放到桌子上 我爸说 那个酸菜的袋子可能破了 你找个大碗来装 我把酸菜拿出来 发现他书包里面都湿了 特别过意不去 把书包放去洗衣机里洗了 我和我爸妈说 都说了 不用带酸菜来了

　　我妈说 你在外面买的 怎么会有家里的好吃 也不知道给你带些啥 你爸就给你装了酸菜 这张照片里的酸菜就是我爸妈从家里带来的 为了原汁原味 他们还特意带了五花肉来

用料   2 ~ 3 人份

50 克 五花肉 切片	少许 姜	1 个 干辣椒
500 克 酸菜	少许 大葱	1 勺 生抽

做法

1. 热锅 凉油 加姜片 干辣椒 葱一起翻炒 然后加入五花肉片

2. 加一点生抽 继续翻炒 炒到肉片金黄 肥肉部分变熟

3. 加入切成小段的酸菜 继续翻炒

4. 倒入两碗水 没过酸菜就好 在这里也可以加入粉条 然后煮 15 分钟 即可

红汁

这里的红汁 类似于卤汁 在粤菜和川菜里经常出现 这个汁备料麻烦 但做起来挺简单 特别好用 煮肉 涮青菜 炒菜都可以用 红汁做好了后 在冰箱冷藏可以放三天 冷冻可以放两到三个月

北方不太有这种卤汁的做法 我和 Jess 一起住的时候 她经常卤东西 比如鸡爪和牛肉 那个卤汁也可以反复使用

用料 可以用 2 ～ 3 次

3 升 水	1 杯 红糖	半勺 芝麻油
1 杯半 绍兴酒	6 瓣 大蒜	5 个 八角
1 杯 老抽	半杯 姜丝	1/4 杯 桂皮
半杯 生抽	4 根 葱白	1 片 陈皮

p.s. 这里的杯 指 1 量杯（1 cup）

做法

1. 将所有用料 放入一个大锅中 煮开后 小火再煮 30 分钟
2. 煮好的红汁可以直接使用或者等凉凉后 放入冰箱 冷藏可以保存 3 天 冷冻可以保存 2 ～ 3 个月

Harry在岛上做的豆腐

去年秋天的时候 在那谁的邀请下 我和几个好朋友在赫尔辛基附近的小岛上住了一周 岛上不通车 一个商店也没有 所以一日三餐都要自己做 我们买了北欧小龙虾 我做了很多顿西餐 我说 Harry 你来做一道菜吧 他说 好啊 我看抖音学了一道菜 一直想尝试 然后就吃到了这个大受欢迎的 番茄豆腐

简简单单的食材 却有一种 非常得体的鲜美

用料   3 ~ 4 人份

1 块 老豆腐   1 小块 生姜   适量 花生油

2 个 西红柿   1 个 蒜瓣   少许 糖

3 个 鸡蛋   少许 胡椒粉

做法

1. 豆腐切 2 厘米见方小块 热水烫 10 分钟 去豆腥味 拿出沥干

2. 打 3 个鸡蛋 淋在豆腐上 加盐 浸大概 10 ~ 15 分钟

3. 烧热水 烫切了十字的西红柿 然后切小块

4. 热锅 加油 把浸了鸡蛋液的豆腐倒进去 煎到鸡蛋成形 捞出

5. 热锅 加油 细姜丝 蒜片爆香 加西红柿小块翻炒 加豆腐

6. 加一点点水或者高汤 然后加胡椒粉和一点糖 最后你可以加个水淀粉收个汁 就好了

蛤蜊炒粉丝配老干妈

我是出国留学以后才吃到老干妈辣椒酱的 之前在东北都没有见过 我记得是那鬼还是谁 拿着这瓶辣椒酱和我说 不论炒什么 加点这个 都特别香 我不是特别能吃辣 一开始还有点抵触 但后来我发现 这个辣椒酱 其实并不辣 只是有辣椒的香 有一阵子我特别迷恋老干妈 吃米饭也要加一勺在上面

后来我有点吃腻了 发现放了老干妈以后我都吃不太出来青菜本身的味道了 所以慢慢地用得比较少了 但炒粉丝蛤蜊和吃三鲜馄饨的时候 我还是一定会放老干妈的 感觉会一下子 让这道菜热闹起来

用料   2 ~ 3 人份

400 克 新鲜蛤蜊	3 个 蒜瓣 拍碎	2 勺 蚝汁
90 克 粉丝	3 个 红辣椒 切细条	半勺 芝麻油
半个 红灯笼椒	2 勺 绍兴酒	80 克 鸡汤
半个 洋葱 切细条	3 勺 老干妈	少许 醋
2 勺 花生油	少许 白糖	少许 香菜
少许 生姜 切细条		

做法

1. 蛤蜊洗净 上锅大火蒸至壳打开 没有开壳的扔掉

2. 粉丝用沸水泡 3 分钟后沥干

3. 红灯笼椒切开 去籽 切细条

4. 热锅 倒花生油 放入洋葱 姜 蒜 红辣椒 红灯笼椒爆香 加老干妈酱 倒入蛤蜊和粉丝翻炒 2 分钟

5. 浇入少许绍兴酒 糖 蚝汁 芝麻油 如果有鸡汤 可以加少许

6. 出锅前加入少许醋和香菜

医学博士的冬阴功汤

　　我上大学的时候 我们学生宿舍有个泰国女生 她比我大十几岁 学医读博士的 喝过的所有冬阴功汤 都没有她做的好喝 我见她就用一把小小的水果刀切蘑菇 姜 柠檬 用一个小锅 简简单单 做出来就很好喝 我去泰国餐厅 必点的两道菜就是鸡肉冬阴功汤和海鲜炒面

用料 3 ~ 4 人份

10 克 橄榄油	适量 大葱	200 克 西红柿
60 克 冬阴功酱	适量 香菜	5 根 玉米笋
3 升 鸡汤	12 片 柠檬叶	300 克 鸡胸肉
适量 姜片	300 克 蘑菇	适量 青柠

做法

1. 起锅 烧热油 改中火 放入冬阴功酱翻炒 炒散后倒入鸡汤 加人大葱 姜片 柠檬叶 煮 15 分钟

2. 蘑菇 西红柿切丁 玉米笋对半切开 放入汤中继续煮 3 分钟

3. 鸡胸肉切薄片 放入汤中煮 3 分钟

4. 用青柠汁调整酸度 煮至出现西红柿的颜色时 撒上适量的香菜 即可

妈妈的乱炖食谱

　　乱炖和地三鲜很像 但地三鲜是炒出来的 乱炖是炖出来的 相比之下我更喜欢乱炖 乱炖的汤汁配米饭简直就是完美 肥瘦相间的五花肉变得软软的含在嘴里就化了 这个乱炖的食谱是我妈给的 我在澳洲和上海都做过几次 但都没有我妈做的好吃 什么原因我也不是很清楚 不同的人遵照相同的菜谱做出来的东西 也是不一样的吧 只能这样想

　　茄子也是我很喜欢吃的蔬菜 不论是炸 煎 蒸还是炖 都喜欢吃 我觉得茄子是一种非常浪漫的蔬菜 我不知道你是否看过 长在菜园里的茄子 和所有其他蔬菜都不一样 它的茎是紫色的 开着紫色的花 结紫色的果实 我觉得 也可能因为颜色 茄子是一个 常常被我们低估了的蔬菜

用料   2 人份

适量 食用油	少许 陈醋	1 个 土豆 切块
1 个 大蒜	少许 酱油	1 根 螺丝椒 撕成块
2 片 生姜	3 根 茄子 洗净 撕成条	少许 香菜 切碎
500 克 五花肉 切片	1 个 西红柿 切块	1 根 小葱
少许 白糖	少许 盐	

做法

1. 锅烧热后倒入食用油 烧至七八成热 放入小葱段 姜末 炒香后将备用的五花肉放至锅内

2. 放少量白糖 陈醋 酱油翻炒至肉香味出来即可 倒入蒜末 炒出蒜香味后将准备好的茄子倒入锅中

3. 大火翻炒茄子六七分熟时 将土豆和西红柿一并倒入 放适量盐后加入温水 水一定高出食材 先大火烧开三四分钟 再转小火盖上锅盖炖 观察快熟的时候将螺丝椒倒入锅内 轻搅一下 盖上锅盖

4.3 分钟后停火 打开锅盖将刚刚切好的香菜 小葱撒到锅内 （此时汤汁多了不好 如果没有汤汁就更不好了）

老老实实做的咖喱炖牛腩

　　我之前一直觉得咖喱是一道硬菜 不怎么敢去触碰 但真的做了几次之后 觉得也很简单 而且有朋友来吃饭的话 咖喱可以早早地准备好 这样既显得游刃有余 又可以用节省的时间和朋友交流 或者做别的菜 冬天的时候 和朋友一起吃咖喱 非常温暖

用料　　　　　　　　　　　　　　　　　　　　　　　4 ~ 6 人份

750 克 牛腩	1 个 大蒜 切碎	半勺 玛莎拉
1/3 杯 芥末油	半勺 姜黄根粉	半勺 黑胡椒粉
2 片 香叶	1 勺 香菜粉	1 勺 番茄酱
1 勺 莳萝籽	1 勺 莳萝粉	1 把 香菜
1 个 大的紫洋葱 切小块	2 勺 辣椒粉	少许 盐
少许 生姜 切碎		

做法

1. 大锅内倒入芥末油 油热后改小火 加入香叶 莳萝籽 紫洋葱炒一会儿 再加入切碎的大蒜和生姜继续翻炒 直到洋葱边变棕色

2. 锅内加少许水 放入切成小块的牛肉翻炒

3. 加入姜黄根粉 香菜粉 莳萝粉 辣椒粉 玛莎拉 黑胡椒粉 翻炒大约 5 分钟

4. 加水和盐 水需要刚刚盖过肉

5. 中火煮 25 分钟 不时搅拌一下 再转小火 煮 20 分钟 直到牛肉软烂

6. 最后加番茄酱 黑胡椒粉和一大把香菜即可

— 平台支持 —

最世文化

最世设计 ZUI Factor

— 选题策划 —

Jess Zhang / Harry Zhang / 安东尼

微博扫码

关注安东尼新浪微博

微信扫码

关注安东尼公众号

图书在版编目（CIP）数据

方长 / 安东尼著. -- 长沙：湖南文艺出版社，
2021.1
　　ISBN 978-7-5404-9995-2

　　Ⅰ.①方… Ⅱ.①安… Ⅲ.①散文集 — 中国 —当代
Ⅳ.①I267

　　中国版本图书馆CIP数据核字（2020）第242781号

上架建议：畅销·散文集

FANG CHANG
方长

作　　者：安东尼
出 版 人：曾赛丰
出 品 人：郭敬明
项目总监：痕　痕
责任编辑：匡杨乐
监　　制：毛闽峰　李　娜
特约策划：李　颖　由　宾
特约编辑：孙　鹤
营销编辑：焦亚楠　霍　静
装帧设计：ZUI Factor（zui@zuifactor.com）
设 计 师：胡小西
封面插图：kouzhaomao
内文插图：[芬兰]Jyri Eskola
内文摄影：Harry Zhang
出　　版：湖南文艺出版社
　　　　　（长沙市雨花区东二环一段508号　邮编：410014）
网　　址：www.hnwy.net
印　　刷：北京天宇万达印刷有限公司
经　　销：新华书店
开　　本：680mm × 955mm 1/16
字　　数：106千字
印　　张：13
版　　次：2021年1月第1版
印　　次：2021年1月第1次印刷
书　　号：ISBN 978-7-5404-9995-2
定　　价：68.00元

若有质量问题，请致电质量监督电话：010-59096394
团购电话：010-59320018